ACADÉMIE

DES

SCIENCES MORALES ET POLITIQUES

SÉANCE PUBLIQUE ANNUELLE

DU SAMEDI 2 DÉCEMBRE 1899

PRÉSIDÉE PAR

M. HIMLY

PRÉSIDENT DE L'ACADÉMIE

PARIS

TYPOGRAPHIE DE FIRMIN-DIDOT ET Cᴵᵉ

IMPRIMEURS DE L'INSTITUT DE FRANCE, RUE JACOB, 56

M DCCC XCIX

INSTITUT.
1899. — 36.

INSTITUT DE FRANCE

ACADÉMIE

DES

SCIENCES MORALES ET POLITIQUES

SÉANCE PUBLIQUE ANNUELLE

DU SAMEDI 2 DÉCEMBRE 1899

PRÉSIDÉE PAR

M. HIMLY

PRÉSIDENT DE L'ACADÉMIE

ORDRE DES LECTURES

1° Discours de M. le PRÉSIDENT annonçant les prix décernés en 1899.

2° *Notice historique sur la vie et les travaux* de M. HIPPOLYTE PASSY, membre ordinaire de l'Académie, par M. GEORGES PICOT, secrétaire perpétuel.

INSTITUT.
1899. — 36.

ACADÉMIE

DES

SCIENCES MORALES ET POLITIQUES

SÉANCE PUBLIQUE ANNUELLE

Du samedi 2 décembre 1899

DISCOURS

DE

M. AUGUSTE HIMLY

PRÉSIDENT

MESSIEURS,

Notre Académie, création originale de la Révolution, n'a pas, comme ses sœurs aînées, le droit de se réclamer des académies de l'ancien régime; elle date de la loi du 3 brumaire an IV (25 octobre 1795), par laquelle la Convention organisait l'Institut national des Sciences et des Arts, qu'au lendemain de la suppression de toutes les académies et sociétés littéraires patentées ou dotées par la nation, elle avait promis à la République par la Constitu-

tion de l'an III. « Chargé de recueillir les découvertes, de
perfectionner les arts et les sciences », ce sont les termes
de l'acte constitutionnel, le nouveau corps savant grou-
pait en trois classes les représentants de toutes les branches des connaissances humaines : la première et la troisième, dénommées, l'une, classe des Sciences physiques et
mathématiques, l'autre, classe de Littérature et Beaux-Arts,
remplaçaient plus ou moins complètement les anciennes
académies royales; la deuxième donnait pour la première
fois un nom officiel et le droit de cité académique aux
Sciences morales et politiques. Mais les sciences que nous
cultivons ne jouirent pas longtemps de cet hommage rendu
à leur importance, et une longue éclipse les punit promp-
tement de leur glorification passagère. Le Premier Consul,
qui n'aimait pas les idéologues, fit, par prétérition, dispa-
raître la classe des Sciences morales et politiques des cadres
de l'Institut national réorganisé par lui, en substituant, par
l'arrêté du 3 pluviôse an XI (23 janvier 1803), aux trois
classes de l'organisation primitive les quatre nouvelles
classes des Sciences physiques et mathématiques, de Langue
et Littérature françaises, d'Histoire et Littérature ancienne,
des Beaux-Arts, qui, sous d'autres noms, ressuscitaient
les compagnies savantes d'autrefois, et la Restauration, si,
par l'ordonnance royale du 21 mars 1816, elle rendit aux
quatre classes leurs anciens noms et rétablit entre elles
l'ancien ordre de préséance, se garda bien de rappeler à
la vie une création que la philosophie du XVIIIe siècle
avait suggérée aux hommes de la Révolution. Il fallut
la révolution de 1830 pour que l'ordonnance royale
du 26 octobre 1832 rétablît, comme cinquième classe de

l'Institut de France avec le nom d'Académie des Sciences
morales et politiques, la deuxième classe de l'Institut primitif, supprimée dans l'organisation de l'an XI.

C'est dans l'excellent ouvrage où notre confrère M. Léon
Aucoc a réuni et commenté les lois, statuts et règlements
concernant les anciennes académies et l'Institut, que j'ai
puisé ces détails sur l'histoire tant soit peu compliquée de
nos origines. Si j'en avais le temps, je lui ferais volontiers
un autre emprunt encore, en transcrivant, au moins en
partie, le rapport par lequel le ministre de l'Instruction
publique de 1832, qui s'appelait François Guizot, propo-
sait au roi Louis-Philippe de rétablir, dans le sein de
l'Institut royal de France, l'ancienne classe des Sciences
morales et politiques. Il est bien curieux, en effet, d'y lire,
à côté d'un magnifique éloge du rôle social de ces sciences,
l'assurance que, loin de compromettre la stabilité de la
Charte, elles serviraient désormais à raffermir ce qu'elles
avaient jadis ébranlé.

Nos prédécesseurs n'ont empêché ni l'effondrement de
la monarchie de Juillet, ni quelques autres révolutions;
ils n'en ont pas moins fait œuvre utile et exercé une influence bienfaisante en se dévouant à la fois aux progrès
de la science et à l'éducation morale de la patrie. Leurs
travaux personnels, et ceux qu'ils ont suscités et encouragés,
ont mieux élucidé la nature de l'homme et les lois de l'esprit
humain, posé, agité devant l'opinion publique et parfois
résolu les graves problèmes sociaux qui préoccupent notre
époque, indiqué les réformes à accomplir, aidé à relever
les mœurs et à soulager la misère.

La mission qu'ont exercée de la sorte nos anciens depuis

trois quarts de siècle, nous tâchons de ne pas la laisser
dépérir entre nos mains, les procès-verbaux de notre vie
académique pendant l'année qui vient de s'écouler sont là
pour le prouver; mais je ne m'arrêterai pas à leur analyse,
car à vous rappeler les communications que vous avez
entendues et les discussions qui en ont été la suite, à vous
entretenir de notre continuation de la collection des ordon-
nances des rois de France ou de la grande enquête économique que poursuit notre infatigable confrère M. Levas-
seur, je restreindrais par trop la place que nos traditions
assurent, en ce discours présidentiel, au jugement de nos
concours arrivés à échéance au 31 décembre dernier. Traditions qui imposent une lourde tâche à l'orateur et exigent
de la part des auditeurs une forte dose de patience, mais dont
le maintien est un devoir de conscience vis-à-vis de nos lau-
réats, qui ont droit, comme récompense de leurs labeurs,
à la proclamation publique des éloges qu'ils ont mérités.
C'est de cet office que je vais m'acquitter, en résumant,
aussi fidèlement que le permettra mon incompétence personnelle trop fréquente, les rapports que des confrères
compétents ont soumis aux différents jurys et fait approuver
par l'Académie.

Nos prix sont de nature fort diverse. Il y en a que nous
devons à la munificence, fort modérée d'ailleurs, de l'État;
d'autres, beaucoup plus nombreux, ont été fondés par de
généreux amis de la science et de l'humanité. Ils récom-
pensent des mémoires spécialement composés pour l'Académie sur des sujets indiqués par elle, des ouvrages
imprimés soumis à son appréciation, des actes vertueux ou
utiles à la société. Ils sont décernés sur la proposition,

soit des différentes sections, soit de commissions mixtes où chacune d'elles est représentée.

Je commence par les prix de section.

La section de Morale n'avait, cette année, aucun prix à sa disposition. Pour celle de Philosophie, il suffira de dire qu'elle a attribué à M. Pillon le prix Gegner, destiné à soutenir un écrivain philosophe qui se sera signalé par des travaux sérieux. Les huit concours jugés par les trois autres sections réclament un compte rendu un peu moins sommaire.

Il y en avait deux d'ouverts à la section de Législation, Droit public et Jurisprudence, l'un pour le prix Odilon Barrot, l'autre pour le prix Kœnigswarter.

Le sujet proposé pour le premier, qui est de 5 000 francs, était une *Étude critique sur la législation électorale actuellement en vigueur dans les différents pays de l'Europe pour la composition des assemblées politiques et administratives.* L'Académie, sans décerner le prix, récompense trois des six mémoires qui lui ont été envoyés. En tête elle place, en lui attribuant 3 000 francs, celui de M. Edmond Villey, doyen de la Faculté de droit de Caen et correspondant de notre section d'Économie politique. C'est un travail très consciencieux, fort bien conçu, écrit dans une langue claire et nette, à peu près complet. Dans une première partie, l'auteur consacre une série de monographies aux lois qui régissent actuellement le droit électoral dans les diverses contrées de l'Europe, en n'oubliant que la Russie, qui pourtant, pour ses assemblées administratives, rentrait dans le programme; dans la seconde, il discute théoriquement les principales questions controversées en fait de législation électorale, suffrage universel, vote obligatoire, suffrage féminin, vote plural, représentation proportionnelle des minorités, etc., etc. Deux autres récompenses, de 1 000 francs chacune, ont été assignées à M. Jules Épinay, avocat, docteur en droit, qui a donné, d'après les sources originales, un bon résumé des législations étrangères, et à M. Etienne Flandin, ancien député, ancien procureur général, qui a, brièvement mais nettement, exposé le régime constitutionnel de tous les pays européens.

Quant au prix Kœnigswarter, destiné à récompenser le meilleur ouvrage sur l'histoire du droit, publié dans les cinq dernières années, il a été, à égalité de mérite, partagé également entre deux professeurs de nos universités. Leur récompense pécuniaire à chacun n'est que de 750 francs, mais l'un et l'autre ont le droit de s'attribuer tout l'honneur d'un très brillant concours.

Dans les quatre volumes in-8° de son *Histoire du droit privé de la république athénienne*, M. Ludovic Beauchet, professeur à la Faculté de droit de Nancy, a fait plus que ce que promet le titre de l'ouvrage. Reprenant les textes depuis longtemps connus, discutant à fond ceux que nous ont livrés des découvertes récentes, utilisant les indications fragmentaires de nombreuses inscriptions, mettant à profit la foule des travaux de détail publiés de tout côté, il a essayé de ramener à un ordre logique et d'exposer systématiquement ce que l'on sait actuellement sur le droit athénien. Certainement bien des questions restent encore litigieuses et le resteront peut-être toujours ; mais M. Beauchet a parfaitement saisi, et c'était l'essentiel, l'esprit et

le caractère de la législation grecque, le goût de la sim-
plicité, l'appropriation des moyens au but, le sens pratique,
qui dans quelques parties, dans les affaires commerciales
par exemple, assurent au droit attique la supériorité sur
les parties correspondantes du droit romain et le rappro-
chent davantage de nos lois modernes.

L'autre ouvrage couronné, qui a pour auteur M. Paul-
Frédéric Girard, professeur de droit romain à l'Université
de Paris, est modestement intitulé *Manuel élémentaire de
droit romain*; en fait c'est un gros volume de 1100 pages,
qui est peut-être bien le traité le plus important que nous
possédions en ce moment sur la matière. Il en est d'autres
sans doute, qui de vieille date honorent nos écoles; mais
ils appartiennent à l'époque de l'enseignement dogmatique
du *corpus juris*. Or, de nos jours, le point de vue a changé;
une nouvelle méthode, historique celle-ci, se préoccupe
surtout de fixer les origines, les développements et les
transformations, à travers les circonstances et les milieux,
du grand édifice de la jurisprudence romaine. Très au
courant de tout ce qui se publie sur le droit romain en
France, en Allemagne et en Italie, M. Girard a su réunir
et condenser dans son manuel les résultats des travaux de
toute une génération de jurisconsultes; en même temps il
a fait œuvre personnelle en signalant un grand nombre
d'erreurs traditionnelles, en rectifiant en maint endroit la
chronologie, en corrigeant certaines interprétations géné-
ralement reçues; et il a ainsi écrit un livre qui s'est trouvé
assez utile pour qu'au lendemain de son apparition il ait
fallu en faire une seconde édition.

La section d'Economie politique, Statistique et Finances

avait à disposer d'un prix du budget de 2 000 francs et de deux prix Rossi de 4 000 francs chacun.

Pour le prix du budget, le programme était ainsi conçu : *Étudier le régime des manufactures royales en France avant 1789* ; c'était inviter ceux qui l'ambitionnaient à éclairer l'histoire économique de la France au XVIIe et au XVIIIe siècle par l'exposé du système de protection et d'encouragement à la grande industrie qu'a pratiqué la royauté, au moyen de lettres patentes qui conféraient le titre et les privilèges de manufactures royales, non seulement à de vraies manufactures de l'État, administrées pour le compte du roi et travaillant pour l'ameublement de ses palais, comme les Gobelins et Sèvres, mais aussi, soit à la collectivité des fabriques d'un certain produit, soit à des établissements isolés, fondés par des particuliers ou par des sociétés commerciales. L'un des deux concurrents, qui ne s'est pas fait connaître, a envoyé à l'Académie les monographies d'une série de manufactures royales, dont le mérite solide lui a valu une mention honorable ; le prix a été décerné à M. P. Boissonnade, agrégé d'histoire, professeur à la Faculté des lettres de l'Université de Poitiers, pour un mémoire que recommandent à la fois une érudition ample et scrupuleuse, une composition méthodique et claire, un style simple et correct. Historien aussi judicieux que bien informé, M. Boissonnade sait apprécier sainement les institutions dans leur relation avec le milieu politique et social dans lequel elles se sont produites. Un premier livre retrace les origines et le régime primitif des manufactures royales en insistant principalement sur le rôle de Henri IV, le monarque qui, à la préoccupation de ses prédécesseurs d'empêcher le numéraire de sortir de leurs états, a ajouté celle « de purger le royaume de tant de vices que produit l'oisiveté ». Dans le second, entièrement consacré à Colbert, les principes qui ont inspiré le grand ministre dans le mode d'établissement, le régime intérieur, les privilèges économiques des nombreuses manufactures royales créées par lui, sont soumis à un examen approfondi et à une critique impartiale. Un troisième livre enfin, intitulé apogée, réforme et chute du système des manufactures royales, montre comment le sillon tracé par Colbert, longtemps suivi par ses successeurs, fut, vers le milieu du XVIIIe siècle, sous la pression de l'opinion publique, particllement abandonné par l'administration elle-même, en attendant que la Révolution mît complètement fin à un régime suranné.

Pour les prix Rossi, les sujets choisis par l'Académie étaient d'un intérêt beaucoup plus actuel. Les questions connexes de ce qu'on est convenu d'appeler la crise agricole et la théorie quantitative sont en effet, depuis quelques années, l'objet des plus ardentes discussions, et les opinions les plus contradictoires ont été émises à leur égard, au parlement, dans la presse, dans l'école : ce sont ces opinions contradictoires que l'Académie avait demandé aux concurrents d'exposer et de discuter.

En ce qui concerne *la crise agricole*, son appel a été largement entendu : il ne lui a pas été adressé moins de trente et un mémoires. Cinq d'entre eux ont été jugés dignes d'une récompense. Des mentions très honorables sont accordées à M. Henri Collard, ancien élève de l'École polytechnique, attaché à l'inspection de la Banque de France, à M. Flour

de Saint-Genis, ancien conservateur des hypothèques à
Paris, et à un troisième concurrent qui a voulu rester ano-
nyme. Le prix, porté de 4 000 à 5 000 francs, est partagé
entre M. Daniel Zolla, professeur à l'École d'agriculture
de Grignon, et M. Pierre Ronce, attaché au ministère des
Finances. Le mémoire du premier est une mine précieuse
de renseignements et dénote un économiste sagace, admi-
rablement informé; celui du second, quelque peu inférieur
peut-être pour l'abondance des renseignements et pour la
rigueur de l'argumentation, l'emporte pour la bonne ordonnance, la sobriété et la clarté de l'exposition. Les deux
auteurs arrivent d'ailleurs à des conclusions analogues,
assez peu consolantes. M. Zolla pense que la baisse des
prix, dont les agriculteurs se plaignent avec raison, est un
fait général, dû principalement aux perfectionnements des
moyens de production et à l'abaissement des prix de trans-
port, et qu'elle ne saurait être combattue d'une manière
efficace par des mesures législatives. De son côté, M. Ronce
déclare qu'il n'y a point de crise agricole, mais simple-
ment une modification dans la situation économique des
peuples par l'augmentation des forces productives du
monde, et ne sait que conseiller aux agriculteurs de s'ac-
commoder à cet état nouveau, en se mettant en mesure
d'obtenir des rendements plus élevés.

L'empressement a été beaucoup moindre autour de
l'autre concours, dont le sujet était formulé dans les termes
suivants : *la théorie quantitative; influence sur les prix, de
l'abondance ou de la rareté des métaux précieux.* Il n'a été
présenté que quatre mémoires, et, de ces quatre, trois ont
dû être écartés. Seul M. Hippolyte Denise, rédacteur prin-

cipal à la Direction des Monnaies, a fourni une contribution sérieuse à l'étude de la question posée par l'Académie. Dans son solide travail, où une riche documentation est mise au service d'un esprit droit, il s'est montré presque à chaque page statisticien expérimenté. Sa démonstration, que les prix sont loin de se laisser exclusivement et souverainement régir par l'influence des métaux précieux, a été jugée laborieuse, mais concluante. Un plan plus large, une construction moins hâtive, un accent plus personnel auraient mérité au mémoire de M. Denise le prix intégral de 4 000 francs : l'Académie a tenu à lui décerner au moins une importante récompense, qui a été fixée à 2 500 francs.

De même que la section d'Economie politique, celle d'Histoire générale et philosophique avait ouvert trois concours. Ils ont respectivement abouti à un échec, à un demi-succès et à un suceès complet.

Le prix Bordin, que visait un unique mémoire, n'a pas été décerné. L'Académie proroge le concours au 31 décembre 1901, en maintenant le sujet proposé : *Rapports de la politique coloniale et de la politique européenne de la France de 1713 à 1789.*

Pour le prix Saintour, destiné cette année à récompenser une étude sur *l'influence italienne au XVIe et au XVIIe siècle*, nous avons reçu trois mémoires. Le meilleur et de beaucoup le plus complet des trois embrasse, dans ses neuf chapitres, à peu près la totalité de la question ; malheureusement son auteur, M. Lucien Schöne, auquel nos concours des dernières années ont déjà valu deux prix et une récompense, s'est trop peu inspiré du programme que l'Académie avait eu soin de donner. Elle lui demandait de déterminer en un large tableau d'ensemble l'influence que, de Charles VIII à Louis XIV, les écrivains, les artistes et les hommes d'État de l'Italie ont exercée en France sur les esprits et sur la politique : il a traité le sujet, bien plus en philologue et en érudit amateur du détail, qu'en historien désireux de s'élever à des vues générales. Son travail, fruit de recherches et de lectures patientes, abonde en listes de mots consciencieusement établies et en renseignements curieux ; mais composé sans nul souci de la chronologie, il ignore la succession des attractions et des répugnances, des engouements et des réactions qui constituent l'évolution de l'influence italienne en France. L'Académie regrette de ne pouvoir couronner un mémoire dont les matériaux sont en grande partie excellents, et se contente de lui accorder, sur les 3ooo francs du prix Saintour, une récompense de 1 5oo francs.

Deux candidats seulement se sont présentés pour le prix du budget, dont le programme était : *Histoire de la liberté de conscience et de la liberté de culte en France depuis l'avènement de Henri IV jusqu'en 1830 ; rapports des progrès de cette liberté avec la paix et la prospérité publiques ;* mais l'Académie a eu la satisfaction de pouvoir les récompenser tous les deux. Le prix, qui est de 2ooo francs, a été décerné à M. Désiré Brevot, professeur d'École normale à Chaumont ; une mention très honorable à son concurrent, qui n'a pas voulu se faire connaître. Le mémoire couronné est une œuvre de longue haleine, très originale pour le fond et pour la forme, qui, dans chacune de ses

trois parties, Ancien régime, Révolution, Régime concor-
dataire, s'appuie sur une information extrêmement con-
sciencieuse, et qu'anime d'un bout à l'autre un souffle des
plus généreux. On peut à la rigueur reprocher à M. Brevot d'avoir parfois péché par excès, dans le récit, en dé-
passant le cadre du programme par crainte de ne pas le
remplir assez complètement, et dans la discussion, en se
laissant entraîner jusqu'au lyrisme par l'ardeur de ses
convictions ; mais il a accumulé une telle quantité de renseignements intéressants, il domine de si haut les événements, il joint à une si grande honnêteté un sentiment
si élevé de la liberté et un si vif amour de la France, qu'on
lui pardonne aisément quelques longueurs et quelques
exagérations de langage.

J'en ai fini avec les prix de section, et passe aux concours qui étaient soumis au jugement de commissions
mixtes. Ils nous arrêteront moins longtemps.

' Les trois prix Carlier, Blaise des Vosges et Félix Beau-
jour sont restés sans emploi, aucun des concurrents, très
peu nombreux d'ailleurs, n'ayant été jugé digne d'une
récompense. Ils sont remis au concours, et seront décernés, s'il y a lieu, en 1900, en 1901 et en 1902.

Ce n'est pas de la pénurie des candidats, mais bien de
leur surabondance, que les juges du concours pour le prix
Le Dissez de Penanrun ont été en droit de se plaindre.
Destiné, aux termes de la fondation, à récompenser ou à
encourager un auteur dont les travaux rentreraient dans
le cadre des attributions de l'Académie, ce prix a, depuis
qu'il existe, grâce au vague de la formule employée par le
donateur, suscité chaque année des candidatures aussi

nombreuses que diverses, entre lesquelles la comparaison, et, par suite le choix, étaient extrêmement difficiles. Pour l'avenir, l'Académie a remédié au mal, en décidant que dorénavant les propositions pour sa distribution seraient faites à tour de rôle par les cinq sections et par le groupe des membres libres ; mais le nouveau règlement ne pouvant avoir d'effet rétroactif, c'est encore une commission mixte qui a eu, cette année, à choisir, parmi vingt-huit ouvrages traitant des matières les plus variées, ceux qu'elle jugeait les plus dignes d'être récompensés. Elle a attribué le prix, qui est de 2000 francs, à M. Charles Dupuis, maître de conférences à l'École des sciences politiques, dont le livre sur *le droit de la guerre maritime d'après les doctrines anglaises contemporaines*, œuvre originale d'un esprit singulièrement libre et pratique, expose et juge, avec une précision lumineuse, les théories de nos voisins, si différentes de celles des autres nations, sur le droit de guerre en général et sur les nombreuses questions particulières que soulève chaque guerre maritime. De plus, elle a récompensé des recherches historiques approfondies et des renseignements statistiques intéressants, en accordant des mentions honorables aux trois ouvrages de M. Garnault sur *le commerce rochelais au XVIII* siècle*, de MM. Depont et Coppolini sur *les confréries religieuses musulmanes*, et de M. Wiener sur *la république Argentine*.

Presque aussi nombreux ont été les ouvrages déposés au secrétariat en vue du prix François-Joseph Audiffred : vingt-trois auteurs ont pensé que leurs livres répondaient aux conditions du programme et étaient propres à faire aimer la morale et la vertu et à faire repousser l'égoïsme

et l'envie, ou à faire connaître et aimer la patrie. De la part
de quelques-uns d'entre eux c'était une illusion par trop
évidente, et ils ont été écartés tout d'abord. Puis, comme
parmi les candidatures possibles aucune ne s'imposait au
choix de la commission par une supériorité incontestée,
il a été décidé que les 5ooo francs du prix seraient partagés
entre sept concurrents. Trois récompenses de 1ooo francs
ont été décernées : à M. Debidour, inspecteur général de
l'instruction publique, pour son *Histoire des rapports de l'É-
glise et de l'État en France de 1789 à 1870*, ouvrage consciencieux, sûr, écrit d'une façon facile et agréable ; à deux fonc-
tionnaires algériens, MM. de la Martinière et Lacroix, pour
les quatre volumes fort instructifs de leurs *Documents pour
servir à l'étude du Nord-Ouest africain* ; et à M. Félix Thomas,
professeur de philosophie au lycée de Versailles, pour son
livre intitulé *l'Éducation des sentiments*, qui est riche en
observations exactes et en conseils fondés sur l'expérience.
Quatre récompenses de 5oo francs sont allées : à la biogra-
phie du *Général Bourbaki*, par le commandant Grandin ; au
livre navrant de M. Charles Roux sur la décadence de
Notre marine marchande, et à deux ouvrages d'imagination,
le Roman de l'ouvrière, de M. Charles de Vitis, et *Dans le
rang, notes d'un dispensé*, par M. Féli Brugière.

S'il est honorable d'écrire des livres qui font aimer la
vertu et connaître la patrie, la pratique de l'une et le
dévouement à l'autre méritent des honneurs plus grands
encore : ainsi a pensé Madame François-Joseph Audiffred,
et après avoir collaboré avec son mari à la fondation du
prix dont je viens de vous parler, elle a, devenue veuve,
fait à l'Académie une nouvelle donation, qui nous permet

de récompenser annuellement, par un prix de 15 000 francs,
les plus beaux, les plus grands dévouements, de quelque
genre qu'ils soient. Ce prix d'une valeur exceptionnelle, que
nous avons décerné tour à tour à des princes de la science,
à des apôtres de la charité, à des ouvriers de la grandeur
nationale, a été, à deux reprises déjà, la récompense de
hauts faits accomplis en terre d'Afrique ; il l'est aujour-
d'hui une fois de plus : notre lauréat de l'année est le capitaine d'infanterie de marine, aujourd'hui commandant
Marchand, l'héroïque chef d'une troupe héroïque, à laquelle
il a fait traverser, sous les plis du drapeau français, le continent noir dans toute sa largeur, depuis les côtes de l'océan
Atlantique jusqu'à celles de la mer Rouge. Seul il est titu-
laire du prix, parce qu'il a été l'âme de l'expédition, dont
sa prudence, son énergie, sa persévérance ont assuré le
succès ; mais, dans la pensée de l'Académie, l'honneur en
doit rejaillir aussi sur ses compagnons de route, blancs et
noirs, parmi lesquels elle veut que je désigne nominative-
ment le chef adjoint de la mission, le capitaine de cavalerie,
aujourd'hui chef d'escadrons Baratier. Tous ils ont, avec
Marchand, peiné et souffert, affronté de graves périls et
des difficultés inouïes : que tous ils se sentent récompensés
dans la personne du chef qui a dirigé et fait aboutir leurs
communs efforts !

Je ne saurais songer à vous faire le récit de cette merveilleuse odyssée de trois ans ; vous m'en voudriez cependant si je n'en rappelais les principales étapes et les inci-
dents les plus émouvants. Le but proposé à la mission
était de relier nos stations extrêmes de la région de
l'Oubangui à la vallée du haut Nil, et de planter notre

drapeau sur l'emplacement de l'ancienne mudirieh égyptienne de Fachoda, située à 700 ou 800 kilomètres en amont d'Omdurman-Khartoum, la capitale du successeur du Mahdi. Organisée à Brazzaville sur le Congo, elle remontait lentement ce fleuve et son grand affluent l'Oubangui, contournait les chutes du Mbomou sur des glissoires en troncs d'arbres, où elle réussissait à faire passer jusqu'à la canonnière *Faidherbe*, allégée il est vrai de sa chaudière et coupée en trois morceaux, et, au bout de six mois de fatigues, atteignait, en septembre 1897, par le lit étroit et sinueux du Bokou, bien au centre du continent africain, l'extrême limite de la navigabilité des eaux appartenant au bassin du Congo.

Jusque-là elle avait trouvé aide et assistance chez les représentants de la France dans le gouvernement de l'Oubangui; dorénavant, pour pénétrer dans le bassin du Nil et se frayer un chemin jusqu'à la vallée du fleuve, elle n'avait plus à compter que sur elle-même.

Marchand reconnaît tout d'abord en personne, dans un tronc d'arbre évidé en pirogue, le cours du Soueh, le premier tributaire du Nil qu'on rencontre au delà de la ligne de faîte, et se décide à en faire sa base d'opérations. Il établit sur ses rives une série de postes destinés à tenir en respect les populations voisines, et des cales rudimentaires, où l'on commence à procéder au remontage de la flottille, dès qu'elle a été amenée tout entière, baleinières, chalands, pièces du vapeur, d'un bassin fluvial à l'autre, par une route de 160 kilomètres, que la hache, la pioche, la mélinite ont ouverte à travers la brousse.

Pendant que l'opération se prolonge par suite du

manque d'ouvriers, d'outils, de matériaux, le capitaine
Baratier emploie ce temps de repos forcé à l'exploration
préliminaire de la route à suivre jusqu'au Bahr-el-Gazal et
au Nil. Au dire des Dinkas, quinze jours devaient lui suf-
fire ; il revint au bout de deux mois et demi seulement.
C'est que pendant de longues semaines, souffrant de la
faim, harcelé par les moustiques, attaqué par les hippo-
potames dont l'un crève le chaland qui le porte, il a erré à
travers une région maudite, douteuse pour ainsi dire entre
les deux éléments solide et liquide, où d'innombrables
cours d'eau, encadrés par des berges détrempées qui se
dérobent sous les pas, sont à tout instant obstrués par les
hautes herbes, les roseaux, les papyrus, et trop souvent se
terminent en impasses marécageuses. A la longue cependant, il a réussi à sortir de ce dédale, et, enfin arrivé au
Bahr-el-Gazal, il l'a suivi et relevé jusqu'au lac Nô, par
lequel s'opère sa jonction avec le Nil.

La voie est tracée, les embarcations sont prêtes ; il ne
manque plus qu'une crue suffisante du Soueh pour que
Marchand puisse donner le signal du départ. Le *Faidherbe,*
qui en pleine charge cale 1^{m},60, menace d'être une cause
de retard indéfini : Marchand renonce à l'attendre plus
longtemps, et le 4 juin 1898 il pousse en avant avec un
premier groupe. Il descend assez facilement le Soueh,
s'égare plus loin dans les marais malgré le relèvement de
Baratier, mais se dégage bientôt, débouche dans le Bahr-
el-Gazal, y traverse heureusement la région des grandes
obstructions, et le 4 juillet il salue le Nil. La navigation
était désormais facile ; deux jours plus tard il passait devant
l'embouchure du Sobat, le grand affluent de droite qui

renvoie le fleuve au nord, et le 8 juillet il abordait à
Fachoda avec huit Européens et cent tirailleurs sénégalais.

Son premier soin, après avoir arboré le pavillon national,
fut de relever les anciennes fortifications égyptiennes.
Grâce à elles il put, à la fin d'août, repousser victorieusement l'attaque furieuse d'un millier de Derviches ; mais
c'était la dernière faveur que lui accordait la fortune.
Le *Faidherbe*, qui venait de rejoindre et qu'il avait immédiatement envoyé, par le Sobat, à la recherche d'une
armée éthiopienne annoncée, revenait avec la nouvelle
que celle-ci avait battu en retraite, et quelques jours plus
tard le sirdar égyptien, sir Herbert Kitchener, maître
d'Omdurman par sa victoire sur les Mahdistes, apparaissait à la tête d'une flotte et d'une armée formidables, et le
sommait d'évacuer Fachoda. Pour la suite, permettez-moi
d'être bref : refus de Marchand d'obtempérer à la sommation à moins d'ordres formels de son gouvernement,
négociations entre Paris et Londres, et finalement instruction à la mission de rentrer en France, non par la voie du
nord, en descendant le Nil, mais par celle de l'est, pardessus le massif éthiopien. L'évacuation eut lieu le 11 décembre 1898. Le voyage de retour se fit au commencement par eau, en remontant le Nil et le Sobat aussi longtemps que le *Faidherbe* et les chalands purent, sans avaries trop graves, raser les bancs de sable et de rochers qui
obstruent le lit supérieur du second ; plus loin, à pied
d'abord, puis à dos de mulet. A Addis-Ababa la mission
était cordialement reçue par le négus Menelik, et le 17 mai
1899 elle achevait à Djibouti sa mémorable traversée de
l'Afrique.

Elle a trouvé, à son retour en France, l'accueil enthou-
siaste qui lui était dû ; nos oreilles retentissent encore des
acclamations frénétiques d'un peuple entier, qui lui furent
prodiguées à la revue du 14 juillet dernier. Moins bruyam-
ment, mais avec la même sincérité, nous félicitons aujour-
d'hui, sous la coupole de l'Institut, le commandant Marchand des services qu'il a rendus à la fois à la science et
à la patrie. Si la jalousie internationale ne lui a pas permis d'enrichir notre domaine colonial des contrées où, pour
la première fois, il a fait flotter un pavillon civilisé, la
France n'oubliera pas que son voyage a ajouté à la fois une
page glorieuse à l'histoire des explorations contemporaines
et un fleuron de plus au patrimoine d'honneur de notre
pays.

La fondation Carnot, la dernière dont j'ai à vous entretenir, nous impose un devoir plus malaisé à remplir que
la recherche d'un héros à couronner, celui de choisir,
parmi la multitude des veuves d'ouvriers chargées d'enfants qui implore notre aide, le petit nombre de celles à
qui il nous est possible d'allouer un des secours de
200 francs que nous distribuons en son nom. Les ressources dont nous disposons se sont, il est vrai, notable-
ment accrues depuis l'année dernière, grâce au legs des
diamants de Mme Carnot que la noble femme a fait à son
œuvre et à la généreuse intervention dans leur adjudica-
tion d'un autre bienfaiteur, qui a refusé de se faire connaître : le testament de Mme Carnot assurait en tout cas à
la fondation une somme de 50 000 francs, que ses enfants
étaient chargés de parfaire si la vente ne la produisait
pas ; une enchère immédiate de 100 000 francs sur la mise

à prix de 20 000 l'a plus que doublée. D'autre part la même
main inconnue, qui depuis plusieurs années nous envoie,
sous enveloppe bordée de noir, les moyens de distribuer
quelques secours de plus, nous a fait de nouveau parvenir
une somme de 3 600 francs. Par suite, nous avons pu porter le nombre de nos veuves secourues, qui primitivement
était de 55, à 83, réunissant entre elles 573 enfants. Le
progrès est sensible, et néanmoins ne répond que fort impar-
faitement à nos désirs. Pensez qu'il nous avait été adressé
943 demandes, et que parmi elles il y en avait beaucoup
qui méritaient, autant que celles qui ont été accueillies,
d'être l'objet d'une décision favorable. On parle de la con-
tagion du bien : puisse-t-elle sévir dans vos rangs, et vous
pousser à imiter nos bienfaiteurs, connus et inconnus!

Ce qui m'encourage à vous adresser cet appel, c'est
qu'un fait récent prouve l'efficacité que peuvent avoir les
paroles prononcées dans cette enceinte. A plusieurs reprises mes prédécesseurs ont, en cette séance solennelle,
exprimé le regret que nous éprouvons d'être obligés, par
les termes précis de la donation de Mme Carnot, d'écarter
sans pitié des suppliques de veuves d'officiers, de fonc-
tionnaires publics, de commerçants, qui pourtant révèlent
souvent des misères tout aussi poignantes que celles des
veuves d'ouvriers industriels ou agricoles que nous secou-
rons. Mme veuve Gasne, née Pérou, s'est émue de la situation de ces infortunées, et, complétant la fondation Carnot,
elle nous a légué 25 000 francs, dont les intérêts serviront
à fournir des secours de 200 francs, non seulement à des
veuves d'ouvriers, mais à des veuves quelconques, pourvu
qu'elles soient sans ressources et chargées d'enfants.

Avant de rédiger son testament, Mme Gasne avait tenu à consulter notre secrétaire perpétuel ; c'est un exemple que nous ne saurions assez recommander à de futurs bienfaiteurs, à moins cependant qu'ils ne préfèrent s'en rapporter complètement aux lumières de l'Académie pour le meilleur emploi, scientifique ou charitable, à faire de leurs donations. Ainsi en a agi Mme Drouyn de Lhuys, née Saint-Cricq, dont le legs de 100 000 francs vient de nous être délivré ; par ce don la testatrice a voulu perpétuer le souvenir de son mari dans une compagnie qui a été heureuse de le compter parmi ses membres ; nous l'emploierons, on peut en être sûr, de façon à faire honneur à notre ancien confrère.

M. Drouyn de Lhuys est mort en 1881, et depuis ce temps l'Académie s'est déjà aux trois quarts renouvelée, tant la mort respecte peu ceux qu'on appelle les immortels. Cette année, comme les précédentes, nous lui avons payé un tribut usuraire. Parmi nos associés étrangers, elle nous a enlevé Emilio Castelar, le grand orateur, qui a suivi de si près dans la tombe son rival en éloquence, Gladstone ; parmi nos membres titulaires, elle a frappé sur une unique section, celle de philosophie, mais à coups tellement répétés qu'elle en a fauché près de la moitié. Jean-Félix Nourrisson, Francisque Bouillier et Paul Janet (c'est l'ordre dans lequel ils ont disparu dans l'espace de quelques mois) n'ont été et n'ont voulu être tous les trois que des professeurs et des savants. Tous les trois ils ont passé une longue et laborieuse existence à défendre, dans leur enseignement et dans leurs livres, avec les nuances que motivaient l'éducation et le tempérament, les grands prin-

cipes spiritualistes. Je dois laisser à leurs successeurs le soin
de les suivre dans leur carrière et d'analyser leurs nombreux
ouvrages ; qu'il me soit permis seulement d'envoyer, en
finissant, un adieu particulièrement ému à mon contem-
porain, à mon collègue, à mon ami Janet, non pas tant
parce qu'il a été, après Cousin et d'une façon beaucoup
plus libérale que lui, le chef de l'école spiritualiste française, que parce qu'une collaboration de trente-cinq ans
aux soutenances de doctorat de la Sorbonne m'a inspiré
une véritable admiration pour l'étendue et la variété de
ses connaissances, pour la largeur de ses vues, pour la
lucidité vigoureuse de sa pensée et de sa parole, pour la
puissance de sa discussion, pour le rare libéralisme et la
parfaite probité intellectuelle de son esprit, c'est-à-dire
à la fois pour son talent et pour son caractère.

ANNONCE DES PRIX DÉCERNÉS

POUR L'ANNÉE 1899

PRIX GEGNER

SECTION DE PHILOSOPHIE

Ce prix, de la valeur de *trois mille huit cents francs,* est destiné *à un écrivain philosophe, sans fortune, qui se sera signalé par des travaux qui peuvent contribuer au progrès de la science philosophique.*

L'Académie continue le prix à M. F. Pillon, demeurant à Paris.

PRIX ODILON BARROT

SECTION DE LÉGISLATION, DROIT PUBLIC ET JURISPRUDENCE

L'Académie avait proposé pour l'année 1899, le sujet suivant :

« *Étude critique sur la législation électorale actuellement en*
« *vigueur dans les différents pays de l'Europe pour la compo-*
« *sition des assemblées politiques et administratives.* »

L'Académie, sans décerner le prix, accorde les trois récompenses suivantes :

Trois mille francs, à M. Edmond Villey, doyen de la Faculté de Droit de Caen, correspondant de l'Académie, auteur du mémoire inscrit sous le n° 1 ;

Mille francs, à M. Étienne Flandin, ancien député de l'Yonne; ancien Procureur général, auteur du mémoire inscrit sous le n° 4 ;

Et *mille francs*, à M. Jules Épinay, avocat, docteur en droit, demeurant à Fontenay-sous-Bois, auteur du mémoire inscrit sous le n° 2 :

PRIX KŒNIGSWARTER

SECTION DE LÉGISLATION, DROIT PUBLIC ET JURISPRUDENCE

Ce prix, de la valeur de *quinze cents francs*, destiné à récompenser le meilleur ouvrage sur l'*Histoire du Droit*, publié dans les cinq dernières années, est partagé par portions égales entre : M. Ludovic Beauchet, professeur à la Faculté de Droit de Nancy, pour son ouvrage : *Histoire du Droit privé de la République athénienne* ; et M. Paul-Frédéric Girard, professeur à la Faculté de Droit de l'Université de Paris, pour son *Manuel élémentaire de Droit romain*.

PRIX DU BUDGET

SECTION D'ÉCONOMIE POLITIQUE, STATISTIQUE ET FINANCES

L'Académie avait proposé pour l'année 1899 le sujet suivant :

« *Étudier le régime des manufactures royales en France* « *avant 1789.* »

L'Académie décerne le prix, de la valeur de *deux mille francs*, à M. P. BOISSONNADE, agrégé d'histoire, professeur à la Faculté des Lettres de l'Université de Poitiers, auteur du mémoire inscrit sous le nº 1.

Elle accorde en outre une mention honorable au mémoire inscrit sous le nº 2, ayant pour épigraphe :

« *Pour les manufactures, ne craignez pas que je gaste rien.* »

(HENRI IV. — Lettre du 26 août 1598, à Sully.)

(*L'auteur de ce mémoire ne s'est pas fait connaître.*)

1ᵉʳ PRIX ROSSI

SECTION D'ÉCONOMIE POLITIQUE, STATISTIQUE ET FINANCES

L'Académie avait proposé pour l'année 1899, le sujet suivant :

« *Exposer l'ensemble des causes de ce qu'on appelle la* « CRISE AGRICOLE *et les circonstances diverses, techniques,*

« *économiques, politiques, sociales, qui ont exercé ou peuvent*
« *exercer une influence sur l'état des choses.* »

L'Académie, après avoir élevé de *quatre* à *cinq mille francs*,
la valeur du prix, l'a décerné par moitié à M. Daniel Zolla,
professeur à l'École nationale d'Agriculture de Grignon et
à l'École des Sciences politiques, auteur du mémoire
inscrit sous le n° 25, et à M. Pierre Ronce, attaché au
Ministère des Finances, auteur du mémoire inscrit sous
le n° 22.

Elle accorde en outre une mention très honorable à chacun des auteurs des mémoires ci-après :

1° à M. Flour de Saint-Genis, ancien conservateur des
hypothèques à Paris, déjà lauréat de l'Institut, auteur du
mémoire n° 20 ;

2° à M. Henri Collard, ancien élève de l'École polytechnique et de l'École des Sciences morales et politiques,
attaché à l'inspection de la Banque de France, auteur du
mémoire n° 10 ;

Et 3° au mémoire inscrit sous le n° 3, ayant pour épigraphe :

« *Arduum scandere in capitolium.* »

(*L'auteur de ce mémoire ne s'est pas fait connaître.*)

2ᵉ PRIX ROSSI

SECTION D'ÉCONOMIE POLITIQUE, STATISTIQUE ET FINANCES

L'Académie avait proposé pour l'année 1899, le sujet suivant :

« *La théorie quantitative.* »

L'Académie, sans décerner le prix, accorde une récompense de *deux mille cinq cents francs*, à M. HIPPOLYTE DENISE, rédacteur principal à la direction des monnaies, auteur du mémoire inscrit sous le n° 3.

PRIX DU BUDGET

SECTION D'HISTOIRE GÉNÉRALE ET PHILOSOPHIQUE

L'Académie avait proposé pour l'année 1899, le sujet suivant :

« *Histoire de la liberté de conscience et de culte en France*
« *depuis l'avènement d'Henri IV jusqu'en 1830 ; rapports*
« *des progrès de cette liberté avec la paix et la prospérité*
« *publiques.* »

L'Académie décerne le prix de la valeur de *deux mille francs*, à M. DÉSIRÉ BRÉVOT, professeur d'École Normale à Chaumont, auteur du mémoire inscrit sous le n° 2.

Elle accorde en outre une mention très honorable au mémoire inscrit sous le n° 1, ayant pour épigraphe :

« *Potius mori quam Fœdari.* »

(L'auteur de ce mémoire ne s'est pas fait connaître.)

PRIX SAINTOUR

SECTION D'HISTOIRE GÉNÉRALE ET PHILOSOPHIQUE

L'Académie avait proposé pour l'année 1899, le sujet suivant :

« *L'influence italienne au XVIe et au XVIIe siècle.* »

L'Académie, sans décerner le prix, accorde une récompense de *quinze cents francs*, à M. Lucien Schörre, lauréat de l'Académie, auteur du mémoire inscrit sous le n° 3.

PRIX FRANÇOIS-JOSEPH AUDIFFRED

(*Ouvrages*).

COMMISSION MIXTE

L'Académie décerne :

1° Trois récompenses de *mille francs* chacune :

A M. Debidour, Inspecteur général de l'Instruction publique, pour son ouvrage : *Histoire des Rapports de l'Église et de l'État en France de 1789 à 1870;*

A M. M. DE LA MARTINIÈRE, Directeur du Cabinet au service des affaires indigènes du gouvernement général de l'Algérie, actuellement consul général à Tanger; et N. LACROIX, capitaine d'Infanterie hors cadre, détaché au service des Affaires indigènes du gouvernement de l'Algérie, pour leur ouvrage intitulé : *Documents pour servir à l'étude du Nord-Ouest africain;*

Et à M. FÉLIX THOMAS, professeur de philosophie au lycée de Versailles, pour son livre : *L'éducation des sentiments.*

2° Quatre récompenses de *cinq cents francs* chacune :

A M. FÉLI-BRUGIÈRE, pour son ouvrage intitulé : *Dans le rang. — Notes d'un dispense;*

A M. le Commandant GRANDIN, pour son ouvrage : *Le général Bourbaki;*

A M. CHARLES-ROUX, ancien député, pour son livre : *Notre marine marchande;*

Et à M. CHARLES DE VITIS, pour son livre intitulé : *Le Roman de l'ouvrière.*

PRIX LE DISSEZ DE PENANRUN

COMMISSION MIXTE

L'Académie décerne le prix de la valeur de *deux mille francs*, à M. CHARLES DUPUIS, maître de conférences à l'École des Sciences politiques, pour son ouvrage : *Le droit de guerre maritime d'après les doctrines anglaises contemporaines.*

Elle accorde en outre une mention honorable :

1° A M. Émile Garnault, ancien secrétaire de la Chambre de Commerce de La Rochelle, pour son ouvrage : *Le Commerce rochelais au XVIIIe siècle ;*

2° A MM. Octave Depont et Xavier Coppolani, détachés au service des Affaires indigènes et du personnel militaire du Gouvernement général de l'Algérie, pour leur ouvrage intitulé : *Les Confréries religieuses musulmanes ;*

3° à M. Charles Wiéner, consul général, pour son livre : *La République Argentine,*

PRIX FRANCOIS-JOSEPH AUDIFFRED

(Actes de dévouement).

Ce prix, de la valeur de *quinze mille francs* fondé par Mme Veuve Audiffred et destiné à récompenser les plus beaux, les plus grands dévouements, de quelque genre qu'ils soient, est décerné au *commandant* Marchand, *chef de la mission qui a traversé l'Afrique de l'Océan Atlantique jusqu'à la Mer Rouge.*

FONDATION CARNOT

Mme Carnot a fait donation à l'Académie d'un titre de rente de *onze mille francs*, produit d'une souscription ouverte par les Dames françaises à la suite de la catastrophe du 24 juin 1894, à la charge, par l'Académie, de remettre le *vingt-quatre juin* de chaque année, en souvenir du président CARNOT, *cinquante-cinq secours de deux cents francs* chacun à *cinquante-cinq veuves d'ouvriers chargées d'enfants*, que l'Académie aura jugées les plus méritantes.

L'Académie ayant reçu en plus, pour être consacrés à cette œuvre, *cinq mille six cents francs* de divers donateurs, a distribué cette année, le 24 juin, *quatre-vingt-trois secours de deux cents francs chacun, à quatre-vingt-trois* veuves d'ouvriers chargées d'enfants, jugées les plus méritantes

BOURSES TRIENNALES

Ces bourses ont été données à d'anciens élèves sortis des lycées Louis-le-Grand, Charlemagne, Henri IV, Condorcet et Hoche, après avoir obtenu un prix ou un accessit au Concours général en Philosophie, en Mathématiques spéciales, en Discours français ou en Histoire.

ANNONCE DES CONCOURS

PRIX DU BUDGET

SECTION DE PHILOSOPHIE.

L'Académie rappelle qu'elle a prorogé à l'année 1900 le sujet suivant qu'elle avait proposé pour 1897 :

PROGRAMME.

« *Des rapports généraux de la philosophie et des sciences.* »

Pour l'antiquité : Étudier notamment Platon, Aristote, Sénèque et Galien ;

Pour le moyen âge : Roger Bacon ;

Pour les temps modernes : François Bacon, Descartes, l'École écossaise, Kant, et la philosophie de la nature.

Après avoir examiné *les systèmes contemporains,* les concurrents concluront en marquant nettement les rapports de la philosophie avec toutes les sciences.

Le prix est de la valeur de *deux mille francs.*

Les mémoires devront être déposés au Secrétariat de l'Institut, le 31 *décembre* 1899, *terme de rigueur.*

L'Académie rappelle qu'elle a proposé, pour l'année 1902, le sujet suivant :

« *La philosophie de Schelling.* »

Le prix est de la valeur de *deux mille francs.*

Les mémoires devront être déposés au Secrétariat de l'Institut le 31 *décembre* 1901, *terme de rigueur.*

SECTION DE MORALE.

L'Académie rappelle qu'elle a proposé pour l'année 1900 le sujet suivant :

« *La recherche de la paternité.* »

Le prix est de la valeur de *deux mille francs.*

Les mémoires devront être déposés au Secrétariat de l'Institut le 31 *décembre* 1899, *terme de rigueur.*

SECTION DE LÉGISLATION, DROIT PUBLIC ET JURISPRUDENCE.

L'Académie rappelle qu'elle a prorogé à l'année 1901 le sujet suivant, qu'elle avait proposé pour l'année 1891 et prorogé ensuite à l'année 1896.

« *Exposer le développement du régime dotal en France, depuis le Code civil jusqu'à nos jours.* »

PROGRAMME.

« Les concurrents devront faire rapidement connaître le régime dotal au XVIIIe siècle et au moment de la rédaction du Code civil ; ils indiqueront le système consacré par ce Code et étudieront ensuite aussi complètement que possible l'œuvre de la jurisprudence ; ils chercheront comment elle a interprété, appliqué, complété le Code civil ; ils arriveront ainsi à exposer l'état actuel de la question, se demanderont en outre dans quelle partie de la France le régime dotal, autrefois inconnu, est devenu d'un usage fréquent ; ils étudieront les conséquences de ces changements soit au point de vue de la famille, soit au point de vue économique et social.

« Ils rechercheront et apprécieront les clauses qui introduiraient, dans un régime matrimonial autre que le régime dotal, des règles présentées par les lois comme particulières à ce dernier régime. »

Le prix est de la valeur de *deux mille francs*.

Les mémoires devront être déposés au Secrétariat de l'Institut le 31 *décembre* 1900, *terme de rigueur*.

————

SECTION D'ÉCONOMIE POLITIQUE, STATISTIQUE ET FINANCES.

L'Académie rappelle qu'elle a proposé pour l'année 1901 le sujet suivant :

« *Étude des relations commerciales de la France et de*

*l'Angleterre depuis Henri IV jusqu'à la Révolution française
et appréciation de leurs conséquences économiques.* »

Le prix est de la valeur de *deux mille francs.*

Les mémoires devront être déposés au Secrétariat de
l'Institut le 31 *décembre* 1900, *terme de rigueur.*

SECTION D'HISTOIRE GÉNÉRALE ET PHILOSOPHIQUE.

L'Académie rappelle qu'elle a proposé pour l'année
1902 le sujet suivant :

« *Histoire de 1800 à 1810 d'un des départements faisant
partie d'une des anciennes provinces d'Alsace, de Lorraine,
Champagne, Picardie et Flandre.* »

PROGRAMME.

« Exposer comment, dans quelles conditions et par quelles
personnes les institutions nouvelles ont été appliquées
dans un département, de 1800 à 1810 : l'administration, la
justice, les impôts (les biens nationaux), l'instruction publique, les cultes. L'auteur choisira le département qui
sera l'objet de ses études dans une des cinq anciennes
provinces ci-dessus désignées ; il suivra dans le chef-lieu du
département, puis dans une sous-préfecture, un chef-lieu
de canton et dans une commune rurale, l'histoire des institutions, des affaires et des personnes ; il s'attachera à déga-
ger, dans cette histoire, les rapports du nouveau régime
avec le régime ancien et avec la Révolution. »

Le prix est de la valeur de *deux mille francs.*

Les mémoires devront être déposés au Secrétariat de l'Institut le 31 *décembre* 1901, *terme de rigueur.*

PRIX BORDIN.

SECTION DE PHILOSOPHIE.

L'Académie rappelle qu'elle a proposé pour l'année 1900 le sujet suivant :

« *De la personnalité humaine.* »

PROGRAMME.

« 1° Exposer et apprécier les doctrines tant anciennes que modernes sur la personnalité humaine ;

« 2° Conclure par une théorie de la personnalité. »

Le prix est de la valeur de *deux mille cinq cents francs.*

Les mémoires devront être déposés au Secrétariat de l'Institut le 31 *décembre* 1899, *terme de rigueur.*

SECTION DE MORALE.

L'Académie rappelle qu'elle a proposé pour l'année 1901 le sujet suivant :

« *Des méthodes applicables à l'étude des faits sociaux.* »

Le prix est de la valeur de *deux mille cinq cents francs.*

Les mémoires devront être déposés au Secrétariat de l'Institut le 31 *décembre* 1900, *terme de rigueur.*

SECTION DE LÉGISLATION, DROIT PUBLIC ET JURISPRUDENCE.

L'Académie rappelle qu'elle a proposé pour l'année 1902 le sujet suivant :

« *Étude sur la responsabilité des accidents de travail.* »

PROGRAMME.

« Les concurrents devront rechercher et analyser les principes d'où dérive cette responsabilité et l'application qui peut en être faite dans la pratique. Ils discuteront les théories qui se sont produites sur cette question et la part qui leur a été faite par la jurisprudence. Ils examineront s'il y a lieu de prendre des mesures, et lesquelles, pour rendre effective la responsabilité des patrons, notamment d'instituer un système d'assurances, mais sans entrer dans le détail de la réglementation et seulement au point de vue des principes. »

Le prix est de la valeur de *deux mille cinq cents francs*.

Les mémoires devront être déposés au Secrétariat de l'Institut le 31 *décembre* 1901, *terme de rigueur*.

SECTION D'ÉCONOMIE POLITIQUE, STATISTIQUE ET FINANCES.

L'Académie rappelle qu'elle a prorogé à l'année 1901 le sujet suivant qu'elle avait proposé pour l'année 1898 :

« *Le Commerce des céréales, grains et farines à Paris. L'importation, la répartition des provisions entre les mois de l'année ; la variation des prix, l'organisation commerciale.* »

Le prix est de la valeur de *deux mille cinq cents francs.*

Les mémoires devront être déposés au Secrétariat de l'Institut le 31 *décembre* 1900, *terme de rigueur.*

L'Académie propose pour l'année 1903, le sujet suivant :

« *Étudier, au point de vue économique et social, l'influence de l'égalité ou de l'inégalité des fortunes et des conditions sur le développement de la prospérité d'un pays.* »

Le prix est de la valeur de *deux mille cinq cents francs.*

Les mémoires devront être déposés au Secrétariat de l'Institut le 31 *décembre* 1902, *terme de rigueur.*

SECTION D'HISTOIRE GÉNÉRALE ET PHILOSOPHIQUE.

L'Académie rappelle qu'elle a prorogé à l'année 1900 le sujet suivant, qu'elle avait proposé pour l'année 1896 et prorogé ensuite à l'année 1898 :

« *Histoire des idées politiques de Louis XIV, telles qu'elles ressortent de ses mémoires, de ses lettres et de ses actes publics. Origine de ces idées. Influence qu'ont pu exercer sur le développement de ces idées les théories régnantes.* »

Le prix est de la valeur de *deux mille cinq cents francs.*

Les mémoires devront être déposés au Secrétariat de l'Institut le 31 *décembre* 1899, *terme de rigueur.*

L'Académie proroge au 31 décembre 1901 le sujet suivant qu'elle avait proposé pour l'année 1899.

« *Rapports de la politique coloniale et de la politique européenne de la France depuis la paix d'Utrecht jusqu'en 1789.*

PROGRAMME.

« L'Académie ne demande pas aux concurrents une histoire détaillée de la politique française en Europe et de la politique française aux colonies. Elle demande une étude critique des rapports de la première avec la seconde, de l'influence exercée par l'une sur l'autre et des conséquences qui s'en sont suivies pour l'ensemble des intérêts de la France.

Le prix, de la valeur de *deux mille cinq cents francs,* sera décerné en 1902.

Les mémoires devront être déposés au Secrétariat de l'Institut le 31 *décembre* 1901, *terme de rigueur.*

PRIX SAINTOUR.

SECTION DE PHILOSOPHIE.

L'Académie rappelle qu'elle a proposé pour l'année 1900 le sujet suivant :

« *La philosophie de Fichte.* »

Le prix est de la valeur de *trois mille francs.*

Les mémoires devront être déposés au Secrétariat de l'Institut le 31 *décembre* 1899, *terme de rigueur.*

SECTION DE MORALE.

L'Académie rappelle qu'elle a proposé pour l'année 1901 le sujet suivant :

« *Rechercher quels obstacles a pu rencontrer en France, depuis le commencement de ce siècle, le développement de l'esprit d'initiative et de l'effort personnel dans les habitudes sociales, le système d'éducation et de législation. Proposer, dans leurs grandes lignes, les principales réformes à poursuivre.* »

Le prix est de la valeur de *trois mille francs*.

Les mémoires devront être déposés au Secrétariat de l'Institut le 31 *décembre* 1900, *terme de rigueur.*

SECTION DE LÉGISLATION, DROIT PUBLIC ET JURISPRUDENCE.

L'Académie rappelle qu'elle a prorogé à l'année 1900 le sujet suivant, qu'elle avait proposé pour l'année 1897 :

« *Étude historique et critique sur la personnalité des Sociétés civiles ou commerciales et des associations qui n'ont pas pour but de partager des bénéfices.* »

Le prix est de la valeur de *trois mille francs*.

Les mémoires devront être déposés au Secrétariat de l'Institut le 31 *décembre* 1899, *terme de rigueur.*

L'Académie rappelle qu'elle a proposé pour l'année 1902 le sujet suivant :

« *Étudier la répression des outrages aux bonnes mœurs et à la morale publique au triple point de vue de la nature de l'infraction, de la pénalité et de la juridiction.* »

Le prix est de la valeur de *trois mille francs*.

Les mémoires devront être déposés au Secrétariat de l'Institut le 31 *décembre* 1901, *terme de rigueur.*

SECTION D'ÉCONOMIE POLITIQUE, STATISTIQUE ET FINANCES.

L'Académie propose pour l'année 1903 le sujet suivant :

« *Étudier sur une industrie déterminée (au choix de l'auteur) les effets économiques des droits de douane à l'égard de cette industrie même, à l'égard du commerce et de l'industrie en général et à l'égard des consommateurs.* »

Le prix est de la valeur de *trois mille francs*.

Les mémoires devront être déposés au Secrétariat de l'Institut le 31 *décembre* 1902, *terme de rigueur*.

PRIX VICTOR COUSIN.

SECTION DE PHILOSOPHIE.

L'Académie rappelle qu'elle a proposé pour l'année 1900 le sujet suivant :

« *Étude sur Alexandre d'Aphrodisiade.* »

PROGRAMME.

« 1º Dans une première partie, les concurrents analyseront les principaux commentaires d'Alexandre et indiqueront le secours qu'on en peut tirer pour l'interprétation de la philosophie d'Aristote.

« 2º Dans une seconde partie, ils étudieront les ouvrages personnels d'Alexandre et feront connaître ses propres doctrines philosophiques.

« 3º Enfin, dans une conclusion, ils détermineront la

place qu'Alexandre d'Aphrodisiade occupe parmi les commentateurs d'Aristote et son rôle dans l'histoire de la philosophie. »

Le prix est de la valeur de *quatre mille francs*.

Les mémoires devront être déposés au Secrétariat de l'Institut le 31 *décembre* 1899, *terme de rigueur*.

PRIX CROUZET.

SECTION DE PHILOSOPHIE.

L'Académie rappelle qu'elle a proposé pour l'année 1901 le sujet suivant :

« *De l'idée d'évolution dans la nature et dans l'histoire.* »

Le prix est de la valeur de *trois mille francs*.

Les mémoires devront être déposés au Secrétariat de l'Institut le 31 *décembre* 1900, *terme de rigueur*.

PRIX GEGNER.

SECTION DE PHILOSOPHIE.

Ce prix, d'une valeur de *trois mille huit cents francs,* « *destiné à un écrivain philosophe, sans fortune, qui se sera signalé par des travaux qui peuvent contribuer au progrès de la science philosophique* », sera décerné en 1900.

PRIX STASSART.

SECTION DE MORALE.

L'Académie rappelle qu'elle a proposé pour l'année 1902 le sujet suivant :

« *Étude critique sur Saint-Simon et sa doctrine.* »

Le prix est de la valeur de *trois mille francs.*

Les mémoires devront être déposés au Secrétariat de l'Institut le 31 *décembre* 1901, *terme de rigueur.*

PRIX ODILON BARROT.

SECTION DE LÉGISLATION, DROIT PUBLIC ET JURISPRUDENCE.

L'Académie rappelle qu'elle a prorogé au 31 décembre 1899 le sujet suivant qu'elle avait proposé pour l'année 1898 :

« *Histoire de l'organisation judiciaire chez les Romains depuis l'introduction de la procédure formulaire jusqu'à la fin de l'Empire d'Occident.* »

Le prix, à décerner en 1900, est de la valeur de *cinq mille francs.*

Les mémoires devront être déposés au Secrétariat de l'Institut le 31 *décembre* 1899, *terme de rigueur.*

L'Académie rappelle qu'elle a proposé pour l'année 1901 le sujet suivant :

« *Étude critique sur l'instruction préparatoire en matière d'infractions à la loi pénale, jusqu'à l'audience exclusivement.* »

Le prix est de la valeur de *cinq mille francs*.

Les mémoires devront être déposés au Secrétariat de l'Institut le 31 *décembre* 1900, *terme de rigueur*.

PRIX KŒNIGSWARTER.

SECTION DE LÉGISLATION, DROIT PUBLIC ET JURISPRUDENCE.

Ce prix, d'une valeur de *quinze cents francs*, à décerner tous les cinq ans, et destiné à récompenser le *meilleur ouvrage sur l'histoire du Droit*, publié dans les cinq années qui auront précédé la clôture du concours, sera décerné en 1904.

Les ouvrages devront être déposés au Secrétariat de l'Institut le 31 *décembre* 1903, *terme de rigueur*.

PRIX LÉON FAUCHER.

SECTION D'ÉCONOMIE POLITIQUE, STATISTIQUE ET FINANCES.

L'Académie rappelle qu'elle a proposé pour l'année 1901 le sujet suivant :

« *De la situation présente et de l'avenir de la grande, de la moyenne et de la petite propriété en France.* »

Le prix est de la valeur de *trois mille francs*.

Les mémoires devront être déposés au Secrétariat de l'Institut le 31 *décembre* 1900, *terme de rigueur*.

PRIX ROSSI.

SECTION D'ÉCONOMIE POLITIQUE, STATISTIQUE ET FINANCES.

L'Académie rappelle qu'elle a proposé pour l'année 1900 le sujet suivant :

« *Des changements survenus au XIXe siècle dans les conditions de la navigation et de l'industrie des transports maritimes.* »

Le prix est de la valeur de *quatre mille francs.*

Les mémoires devront être déposés au Secrétariat de l'Institut le 31 *décembre* 1899, *terme de rigueur.*

L'Académie rappelle qu'elle a proposé pour l'année 1901 le sujet suivant :

« *Étude comparative des budgets de la France (budgets de l'État) au XIXe siècle.*»

PROGRAMME.

« Les concurrents n'ont pas à faire l'analyse détaillée de chaque budget ni à réunir de trop nombreux tableaux de chiffres ; ils devront surtout s'appliquer à montrer et à apprécier les caractères essentiels des budgets et leurs transformations dans le cours du siècle. »

Le prix est de la valeur de *quatre mille francs.*

Les mémoires devront être déposés au Secrétariat de l'Institut le 31 *décembre* 1900, *terme de rigueur.*

L'Académie propose, pour l'année 1902, le sujet suivant :

« *De l'intervention des municipalités dans le domaine de l'Industrie en matière économique et commerciale. Réunir des renseignements relatifs à ce sujet en France et à l'étranger et proposer des conclusions.* »

Le prix est de la valeur de *quatre mille francs.*

Les mémoires devront être déposés au Secrétariat de l'Institut le 31 *décembre* 1901, *terme de rigueur.*

PRIX COMMUNS A PLUSIEURS SECTIONS

PRIX WOLOWSKI.

SECTIONS DE LÉGISLATION ET D'ÉCONOMIE POLITIQUE RÉUNIES.

L'Académie a décidé que ce prix serait décerné, sur la proposition des Sections d'économie politique et de législation réunies, *à l'ouvrage imprimé ou manuscrit, soit de législation, soit d'économie politique, que les deux sections auront jugé le plus digne de l'obtenir.*

L'Académie décernera en 1902 le prix Wolowski au meilleur *ouvrage de droit,* qui aura été publié dans les huit années qui auront précédé la clôture du concours.

Ce prix est de la valeur de *trois mille francs.*

Les ouvrages devront être déposés au Secrétariat de l'Institut le 31 *décembre* 1901, *terme de rigueur.*

CONCOURS SOUMIS A L'EXAMEN DE COMMISSIONS MIXTES

PRIX JEAN REYNAUD.

« Ce prix sera accordé au travail le plus méritant, rele-
« vant de chaque classe de l'Institut, qui se sera produit
« pendant une période de cinq ans.

« Il ira toujours à une œuvre originale, élevée et ayant
« un caractère d'invention et de nouveauté.

« Les membres de l'Institut ne seront pas écartés du
« concours.

« Le prix sera toujours décerné intégralement.

« Dans le cas où aucun ouvrage ne paraîtrait le mériter
« entièrement, sa valeur serait délivrée à quelque grande
« infortune scientifique, littéraire ou artistique.

« Il portera le nom de son fondateur JEAN REYNAUD. »

Ce prix, d'une valeur annuelle de *dix mille francs,* sera
décerné par l'Académie des Sciences morales et politiques
en 1903.

PRIX ESTRADE-DELCROS.

M. Estrade-Delcros, par son testament en date du 8 février 1876, a légué toute sa fortune à l'Institut. Le revenu
de ce legs devra être partagé, par portions égales, entre
les cinq classes de l'Institut pour servir à décerner, par
chacune d'elles, un prix tous les cinq ans.

Ce prix, de la valeur de *huit mille francs,* sera décerné

par l'Académie des Sciences morales et politiques pour la première fois en 1900, à un ouvrage publié dans les cinq années précédentes et rentrant dans l'ordre des études dont elle s'occupe.

Le prix ne pourra pas être partagé.

Les auteurs pourront déposer eux-mêmes leurs ouvrages au Secrétariat de l'Institut avant le 31 *décembre* 1899, *terme de rigueur*.

L'Académie se réserve d'introduire, s'il y a lieu, les candidatures d'auteurs dont les ouvrages n'auraient pas été présentés.

PRIX JEAN-JACQUES BERGER.

Ce prix, de la valeur de *douze mille francs*, sera décerné par l'Académie des Sciences morales et politiques pour la première fois en 1901, à l'œuvre la plus méritante concernant la Ville de Paris.

Les concurrents devront justifier de leur qualité de Français

PRIX FÉLIX DE BEAUJOUR.

L'Académie proroge à l'année 1902 le sujet suivant, qu'elle avait d'abord proposé pour l'année 1896 et prorogé ensuite à l'année 1899.

« *De l'indigence et de l'assistance dans les grandes villes et particulièrement en France, depuis 1789 jusqu'à nos jours.* »

Le prix est de la valeur de *cinq mille francs*.

Les mémoires devront être déposés au Secrétariat de l'Institut le 31 *décembre* 1901, *terme de rigueur.*

L'Académie rappelle qu'elle a proposé pour l'année 1901 le sujet suivant :

« *Des inconvénients et des avantages des systèmes de* « *pré-* « *voyance* » *collective obligatoire et des systèmes de prévoyance, soit individuelle, soit associée, libres et spontanés.* »

Le prix est de la valeur de *cinq mille francs.*

Les mémoires devront être déposés au Secrétariat de l'Institut le 31 *décembre* 1900, *terme de rigueur.*

PRIX BLAISE DES VOSGES.

L'Académie proroge à l'année 1901, le sujet qu'elle avait proposé pour l'année 1899, mais en le modifiant comme suit :

« *Les caisses de retraite pour la vieillesse.* »

« *Historique de leur institution. Résultats de leur fonctionnement. Étude des modifications qu'elles peuvent recevoir.* »

Le prix est de la valeur de *deux mille francs.*

Les mémoires devront être déposés au Secrétariat de l'Institut le 31 *décembre* 1900, *terme de rigueur.*

PRIX HALPHEN.

Ce prix, d'une valeur de *quinze cents francs*, à décerner tous les trois ans — *soit à l'auteur de l'ouvrage littéraire qui aura le plus contribué au progrès de l'instruction primaire, soit à la personne qui d'une manière pratique, par ses efforts ou son enseignement personnel, aura le plus contribué à la propagation de l'instruction primaire* — sera décerné en 1900.

Les ouvrages devront être déposés au Secrétariat de l'Institut le 31 *décembre 1899, terme de rigueur.*

Les ouvrages devront avoir été publiés dans les *trois années* qui auront précédé la clôture du concours.

PRIX ERNEST THOREL.

Ce prix, d'une valeur de *deux mille francs,* à décerner tous les deux ans à l'auteur du *meilleur ouvrage, soit imprimé, soit manuscrit, destiné à l'éducation du peuple, non un livre pédagogique, mais une brochure de quelques pages ou un livre de lecture courante,* sera décerné en 1900.

Les ouvrages devront être déposés au Secrétariat de l'Institut le 31 *décembre 1899, terme de rigueur.*

Les ouvrages imprimés devront avoir été publiés dans les *trois dernières années* qui auront précédé la clôture du concours.

PRIX FRANÇOIS-JOSEPH AUDIFFRED.

(Ouvrages.)

Ce prix, à décerner tous les ans, est fondé en faveur de l'ouvrage imprimé le plus propre « *à faire aimer la morale et la vertu, et à faire repousser l'égoïsme et l'envie, ou à faire connaître et aimer la patrie* ».

Le prix est de la valeur de *cinq mille francs*.

Les ouvrages devront être déposés au Secrétariat de l'Institut le 31 *décembre* 1899, *terme de rigueur*. Ils devront en outre avoir été publiés dans les *trois dernières années* qui auront précédé la clôture du concours.

Les conditions du concours seront les mêmes pour les ouvrages qui seront déposés le 31 décembre 1900.

PRIX LE DISSEZ DE PENANRUN.

Ce prix sera décerné à un auteur dont les travaux rentrent dans le cadre des attributions de l'Académie.

Pour l'année 1900, le concours est ouvert entre les ouvrages publiés dans les six dernières années et ne rentrant pas exclusivement dans les attributions d'une des sections de l'Académie.

Le prix est de la valeur de *deux mille francs*.

Les ouvrages devront être déposés au Secrétariat de l'Institut le 31 *décembre* 1899, *terme de rigueur*.

Suivant un roulement arrêté par l'Académie, le concours sera ouvert en 1901 pour les ouvrages de philosophie, en 1902 pour les ouvrages de morale, en 1903 pour les ouvrages de législation, en 1904 pour les ouvrages d'économie politique et en 1905 pour les ouvrages d'histoire.

Tous les ouvrages devront avoir été publiés dans les six dernières années qui auront précédé la clôture du concours.

PRIX CARLIER.

Ce prix annuel, de la valeur de *mille francs,* est destiné
à récompenser le *meilleur ouvrage ayant en vue des moyens
nouveaux à suggérer pour améliorer la condition morale et
matérielle de la classe la plus nombreuse dans la ville de Paris.*

Le prix sera décerné en 1900.

Les ouvrages devront être déposés au Secrétariat de
l'Institut le 31 *décembre* 1899, *terme de rigueur.* Ils devront
en outre avoir été publiés dans les *trois dernières années*
qui auront précédé la clôture du concours.

Les conditions du concours seront les mêmes pour les
ouvrages qui seront déposés le 31 décembre 1900.

PRIX JEAN-BAPTISTE CHEVALLIER.

Ce prix, de la valeur de *trois mille francs,* à décerner
tous les trois ans, est destiné à récompenser l'auteur français du meilleur travail publié, dans chaque période trien-
nale, pour la défense soit de la propriété individuelle, soit
du droit de tester tel qu'il est établi par le code civil, soit
du droit de succéder *ab intestat,* d'après les divers ordres de
succession, établi par le même code ; il sera décerné en 1901.

Les ouvrages devront être déposés au Secrétariat de
l'Institut le 31 *décembre* 1900, *terme de rigueur.*

PRIX JULES AUDÉOUD.

Le prix Jules Audéoud, d'une valeur de *douze mille francs,* scra décerné en 1901 à des ouvrages imprimés et à des institutions, établissements publics ou privés, travaux, œuvres ou services relatifs à l'amélioration du sort des classes ouvrières ou au soulagement des pauvres.

Les ouvrages imprimés devront avoir été publiés dans la période des quatre années qui précéderont l'échéance du concours ; ils devront être déposés au Secrétariat de l'Institut au plus tard le 31 *décembre* 1900, *terme de rigueur.*

Les institutions, établissements ou œuvres ne doivent pas se proposer au concours : l'Académie se réserve le droit de les désigner.

PRIX LE FÈVRE-DEUMIER.

Ce prix, d'une valeur de *vingt mille francs,* sera décerné tous les dix ans par l'Académie. Suivant le vœu du testateur, il doit être attribué à l'ouvrage le plus remarquable sur les mythologies, philosophies et religions comparées.

Le prix sera décerné pour la première fois en 1903 au meilleur ouvrage imprimé ou manuscrit sur saint François d'Assise et les Franciscains.

Les ouvrages étrangers traduits en français seront admis à prendre part au concours.

L'ouvrage doit être postérieur à l'année 1883.

Les manuscrits ou livres présentés à ce concours devront être déposés au Secrétariat de l'Institut le 31 *décembre* 1902, *terme de rigueur.*

PRIX FRANÇOIS-JOSEPH AUDIFFRED.

(Actes de dévouement.)

Ce prix, fondé par Mme veuve Audiffred, est destiné à récompenser les plus beaux, les plus grands dévouements de quelque genre qu'ils soient ; il est décerné tous les ans ; il est d'une valeur de *quinze mille francs ;* il peut être attribué à un lauréat ou divisé entre plusieurs.

L'Académie n'admet pas de candidatures au prix François-Joseph Audiffred ; elle se réserve le droit de chercher et de désigner elle-même les dévouements qu'elle récompense. Toutefois elle accueillera les informations que des tiers pourraient lui fournir.

Ces informations doivent être remises au Secrétariat de l'Institut au plus tard le 31 *décembre* 1899, *terme de rigueur.*

Les conditions du concours seront les mêmes pour l'année 1901.

FONDATION CARNOT.

Madame Carnot a fait donation à l'Académie d'un titre de rente de *onze mille francs,* provenant du produit d'une souscription ouverte par les Dames françaises à la suite de la catastrophe du 24 juin 1894, à la charge par l'Académie de remettre, le vingt-quatre juin de chaque année, en souvenir du président Carnot, *cinquante-cinq secours de deux cents francs chacun à cinquante-cinq veuves d'ouvriers chargées d'enfants,* que l'Académie aura jugées les plus méritantes.

Madame Carnot ayant, par son testament en date du 5 août 1898, légué ses diamants pour être vendus au profit de la fondation, le produit de cette vente a permis la création de 18 nouveaux secours, ce qui porte à *soixante-treize* le nombre de secours de *deux cents francs chacun,* à décerner annuellement.

CONDITIONS POUR OBTENIR LE SECOURS.

Les demandes devront être parvenues au Secrétariat de l'Institut au plus tard le 31 décembre ; la Commission d'examen se réunissant au mois de janvier.

Elles peuvent être adressées, après légalisation des signatures, soit aux préfets des départements, soit directement au Secrétariat de l'Institut, sans passer par l'intermédiaire des préfets. Elles doivent comprendre les indications suivantes :

1° Noms, prénoms, âge, profession, domicile de la veuve ;

2° Profession du mari et date de sa mort;

3° Noms, prénoms, âge et sexe de chacun des enfants ;

4° Attestation des autorités locales et personnes autorisées, sur la situation matérielle et morale de la famille et ses mérites particuliers.

Nota. — Aux termes de la donation les secours sont

exclusivement réservés aux veuves d'ouvriers chargées d'enfants.

Toute demande non accueillie peut être renouvelée l'année suivante.

LES VEUVES QUI AURONT OBTENU UN SECOURS NE POURRONT PLUS EN OBTENIR LES ANNÉES SUIVANTES.

BOURSES TRIENNALES.

Ces bourses sont décernées chaque année à cinq anciens élèves sortis des lycées Louis-le-Grand, Charlemagne, Henri IV, Condorcet et Hoche, après avoir obtenu un prix ou un accessit au Concours général, en philosophie, en mathématiques spéciales, en discours français ou en histoire.

CONDITIONS COMMUNES A TOUS LES CONCOURS

L'Académie n'admet à ses concours que des *mémoires écrits en français* ou *en latin*, et adressés, *francs de port*, au Secrétariat de l'Institut.

Les manuscrits *doivent toujours être entièrement inédits;* ils devront être BROCHÉS et porter chacun une épigraphe ou devise *qui sera répétée sur un pli cacheté* joint à l'ouvrage et contenant le nom de l'auteur. L'AUTEUR NE DEVRA PAS SE FAIRE CONNAÎTRE, SOUS PEINE D'ÊTRE EXCLU DU CONCOURS.

Les concurrents sont prévenus, en outre, que l'Académie *ne rendra aucun des mémoires qui lui auront été envoyés,* mais les auteurs auront la faculté d'*en faire prendre des copies* au Secrétariat de l'Institut.

L'Académie, afin d'éviter les inconvénients attachés à des publications inexactement faites des mémoires qu'elle a couronnés, invite les auteurs de ces mémoires *à indiquer formellement, dans une préface, les changements ou les additions qu'ils y auront introduits.*

Les ouvrages imprimés doivent être directement adressés par l'auteur au Secrétariat de l'Institut, au nombre de CINQ EXEMPLAIRES, avec une lettre constatant l'envoi et indiquant le concours pour lequel ils sont présentés.

Le même ouvrage ne pourra pas être présenté en même temps à deux concours de l'Institut.

Nul n'est autorisé à prendre le titre de LAURÉAT DE L'ACADÉMIE, s'il n'a été jugé digne de recevoir un prix.

Les personnes qui ont obtenu des *récompenses* ou des *mentions* n'ont pas droit au titre de *lauréat,* et doivent se borner à inscrire sur les ouvrages qu'elles publient : *Récompensé par l'Académie* ou *mention au concours de. . .*

TABLE DES PRIX PROPOSÉS

PRIX COMMUNS A PLUSIEURS SECTIONS.

CONCOURS SOUMIS A L'EXAMEN DE COMMISSIONS MIXTES.

NOTICE HISTORIQUE

SUR LA VIE ET LES TRAVAUX

DE

HIPPOLYTE PASSY

PAR

M. GEORGES PICOT

SECRÉTAIRE PERPÉTUEL

DE L'ACADÉMIE DES SCIENCES MORALES ET POLITIQUES

Lue dans la séance publique annuelle de l'Académie des sciences morales
et politiques du samedi 2 décembre 1899.

MESSIEURS,

Pendant quarante-six années, M. Hippolyte Passy a
appartenu à notre Académie. Sa parole faisait autorité.
Ce n'est une injure pour aucun de nos confrères que d'affir-
mer qu'à l'Institut son activité n'a été dépassée par personne.

Député pendant les dix-huit années du gouvernement
de Juillet, il fut trois fois ministre, et tel était l'hommage
unanimement rendu à la science du financier que, par une
rencontre sans précédents, le ministère qu'il avait quitté

sous la monarchie lui fut rendu dix ans plus tard sous la République.

Économiste et homme d'État, fidèle à ses doctrines, mêlé aux luttes des partis sans s'asservir à leurs passions, il eut la chance heureuse, au cours d'une vie toute dévouée à la politique, de rencontrer à la fois la contradiction et le respect, parce qu'il croyait aux idées et qu'il était prêt à se sacrifier pour elles.

Que vaudraient nos éloges si nous devions passer silencieux devant de telles mémoires? Et que deviendraient nos compagnies si elles n'avaient pas à montrer, pour la confusion de ceux qui les calomnient, les œuvres de ces vertus laborieuses et modestes?

Issu d'une vieille souche de bourgeoisie normande, Hippolyte Passy vint au monde, le 16 octobre 1793, en pleine crise révolutionnaire. Aucun tintement joyeux n'annonça son entrée dans la vie. Les heures qui sonnèrent sa naissance étaient sinistres. Ses parents avaient dû fuir. Retirés à Garches, ils recevaient les premières nouvelles du procès de la reine qui devait monter le même jour sur l'échafaud. La Terreur commençait. Son père qui avait été attaché à l'administration des Fermes était suspect et se cachait; il n'allait pas tarder à être arrêté et compromis avec les fermiers généraux. Échappant à la mort, élargi à la fin de la Terreur, il se retira aussitôt à Gisors dans la maison qu'il venait d'acheter et qui, depuis plus d'un siècle, a abrité sa famille ; du fond de sa retraite, il observait les événements, aspirait avec la France au rétablissement de l'ordre, et à cet effort de reconstitution sociale qui devait faire explosion avec le Consulat.

Une heureuse rencontre le porta tout d'un coup plus haut qu'il n'avait prévu. Le frère de sa femme avait été ordonnateur en chef de l'armée d'Égypte. Choisi par Bonaparte, apprécié par lui, attiré au lendemain du 18 Brumaire, d'Aure était devenu ordonnateur en chef de la Grande Armée. Par son influence, M. Passy fut nommé receveur général du département de la Dyle. Hippolyte avait douze ans lorsque son père s'établissait à Bruxelles ; c'est là qu'il fit ses études, n'ayant qu'une pensée, sortir du collège pour revêtir plus tôt l'uniforme. De 1806 à 1811, l'amour de la gloire faisait partie de l'éducation ; nul ne cherchait à s'y soustraire ; sur les bancs des classes, professeurs et élèves frémissaient à l'envi. La Belgique n'échappait pas à l'entraînement universel et moins que tous autres les fils d'un fonctionnaire français. En 1810, Hippolyte partait pour l'école de cavalerie, alors établie à Saint-Germain ; c'est là que la naissance du roi de Rome, apogée de l'Empire, vint mettre le comble à ses enthousiasmes. Doué de la nature la plus vive, il brûlait d'impatience en voyant se prolonger la paix que les sages trouvaient trop courte ; une promotion venait de partir : il fallait attendre encore un an. La guerre de Russie fut le signal de la délivrance pour ce cavalier de 19 ans. On demandait à l'école de Saint-Germain l'envoi immédiat des élèves les plus ardents de la jeune division. Hippolyte fut désigné ; il partit avec l'emportement de son âge, rejoignit en Russie son régiment de hussards, et entra à Moscou ; peu de jours après commençait la grande retraite : sans cesse on se battait à l'arrière-garde ; son cheval tué, il fut pris et emmené à Vilna ; souffrant de la misère, exaspéré de son impuissance, il découvre un jour que son père s'est adressé aux banquiers pour obtenir de ses nouvelles, et qu'il a multiplié les envois d'argent ; il s'empresse de les toucher, achète en secret chevaux et voiture, rassemble ses amis et s'évade avec eux ; il échappe à ceux qui le poursuivent, et à travers mille aventures arrive à Dresde où son oncle, le comte d'Aure, le présente à l'Empereur qui le questionne et le renvoie à l'armée avec ses épaulettes.

Le jeune officier fit toute la campagne de Saxe ; j'ai entendu dire à des survivants des guerres de l'Empire, à des contemporains de Marbot, qu'il y avait des généraux qui n'avaient pu assister à un combat sans être blessés. Hippolyte Passy eut le privilège des blessures : son corps en était couvert. Des pieds à la tête, il en conserva toute sa vie les marques. En dix-huit mois, il reçut 52 coups de lance, un biscaïen au tibia, un coup de sabre sur la nuque. 1813 et 1814, Dresde, Leipsick et la campagne de France étaient inscrits sur son corps en traces indélébiles. Le 15 octobre 1813, la veille de ses vingt ans, Napoléon le décora de sa main.

Capitaine en 1814, nommé chef d'escadron aux Cent Jours, Waterloo mit le terme à sa carrière militaire. Qu'allait-il devenir? Plus obscur, il aurait vécu à Paris ou dans quelque ville de province, parmi les officiers à demi-solde, s'associant aux mouvements qui devaient agiter une génération de héros manqués, condamnés à user leurs forces entre les regrets et l'impuissance. Il n'eut le temps ni d'agir, ni de se compromettre. Signalé par ses liens de famille, par son oncle serviteur de l'Empereur, et ami de Murat, il sentit autour de lui une telle surveillance, il comprit si bien qu'en ce temps de soupçons, ses moindres actions seraient suspectes, qu'il prit bientôt son parti.

Il s'embarquait au commencement de 1816 pour l'Amérique à bord d'un voilier; il y fit une rencontre qui décida de sa vie.

S'éloignant de sa patrie le cœur en deuil, partant à la recherche de l'inconnu, le jeune voyageur était tout préparé à recevoir de fortes impressions. — D'où lui viendrait la secousse? Ce fut un livre qui la lui donna. Un Anglais qui était à bord lui prêta Adam Smith. Cet ouvrage fut pour lui toute une révélation : il entrevit une science qu'il ne soupçonnait pas. La traversée devait être longue; la marche du voilier fut retardée par le calme. En quelques semaines, en tête-à-tête avec sa pensée, Hippolyte Passy médita les *Causes de la Richesse des nations*, s'en pénétra, et quand il mit le pied sur le sol de l'Amérique, son esprit était initié aux principes d'une science à laquelle il devait, durant soixante-quatre années, demeurer fidèle. Son voyage tout entier se ressentit de ses lectures. Aux curiosités vagues d'un jeune homme de 23 ans, la veille encore officier de hussards, et se lançant à travers le Nouveau Monde à la recherche d'un but, succédait une pensée plus mûre, et ce qui prépare tous les succès dans la vie, la volonté d'observer.

M. Passy n'était pas de ces improvisateurs de plume ou de parole qui recueillent à la hâte des impressions et des faits pour les faire connaître au dehors. Il séjourna

longtemps aux Antilles et nous ne connaissons aucun écrit
de lui qui rappelle ce qu'il a vu. C'est au cours de ses
conversations, à travers ses discours, qu'on retrouve des
traits précis ne laissant aucun doute sur la netteté de ses
souvenirs. De Saint-Domingue, où il étudia la race noire,
la transformation du travail, et ce que pouvait être, vingt
ans après l'émancipation, une société d'affranchis, il alla à
la Nouvelle-Orléans voir, en Louisiane, les résultats du
travail servile : l'esclavage y régnait ; il parcourut les plan-
tations, examina la culture de la canne à sucre, du coton
et du café, ne se laissa pas éblouir par une prospérité
matérielle qui reposait sur l'exploitation de l'homme, et
remonta vers le Nord pour jouir du contraste alors sensible entre les fiers et impuissants possesseurs du sol qui
se retiraient lentement vers l'Ouest, et la marche d'une
civilisation naissante dont la prodigieuse activité laissait
présager les succès.

Vingt ans auparavant, Chateaubriand avait interrogé les
Indiens. Seize ans après, Tocqueville devait recueillir les
adieux des survivants. Placé dans l'ordre des temps entre
ces deux grands voyageurs, Hippolyte Passy porta le même
jugement : la lutte n'était pas possible. L'infériorité de la
race rendait sa perte inévitable ; mais il tenait cette élimi-
nation d'une race d'hommes pour un fait odieux ; il se sentait l'âme trop haute, trop libérale, pour ne pas penser que
le contact, avant de conférer des droits, imposait à la race
supérieure des devoirs envers les faibles. Ainsi des forêts
du *Far-West*, comme de la constitution des États-Unis, de la
vue de l'esclavage et des maux qui corrompaient le maître
en écrasant l'esclave, il rapportait en France des convic-

tions qui le préparaient à prendre rang parmi les libéraux.

Il retrouvait d'ailleurs tous ses amis, tous ses contemporains dans le même camp.

Ce qui est unique en ce siècle, c'est la communauté de sentiments qui inspirait la jeunesse de 1815 à 1830. Comment tant d'esprits sortis d'origines diverses se rencontrèrent-ils en des opinions semblables? Pourquoi un jeune avocat de Bordeaux, tel que Dufaure, pourquoi des étudiants de Marseille et d'Aix, comme Mignet et Thiers, avaient-ils les mêmes vues, les mêmes espérances que le fils d'un conseiller d'État, d'un maréchal ou d'un ministre; pourquoi Vitet, petit-fils d'un maire royaliste de Lyon, était-il aussi ardent que Rémusat, fils d'un chambellan de l'Empire, quel était le lien invisible qui les rassemblait à travers la distance pour former un des partis les plus unis qui aient jamais remué la France? Plus le temps s'écoule et plus ce phénomène moral, le plus saisissant de ce siècle, grandit et s'explique à la fois : vingt ans de guerre avaient enivré la France d'émotions et de gloire; 1815 était la défaite; Waterloo le signe de deuil; les traités de Vienne le contrat de déchéance; toute âme fière rêvait de les déchirer, et comme ni l'émigré, ni l'étranger n'aimaient la Charte, la jeunesse, naturellement éprise de la liberté, confondit dans son attachement aux principes libéraux tous les sentiments qui l'agitaient. Deuils, répugnances, espoirs, étaient les mêmes. Hippolyte Passy, étudiant le droit et l'économie politique à Gisors, avait toutes les aspirations que ressentaient Dufaure, Mignet et Thiers, Duchatel et Vitet, Montalivet et Rémusat, Montebello et Salvandy, Renouard, Saint-Marc Girardin ou Vivien.

Cette période de 1815 à 1830 qui contenait tant de germes et qui nous semble comme le printemps du siècle, a vu l'éclosion de toutes les passions, les ardeurs les plus nobles, aussi bien que les injustices de l'esprit de parti.

C'est le malheur des peuples qui n'ont pas encore conquis le sens politique de laisser la lutte sortir de l'enceinte des Chambres et gagner la place publique. Alors les partis changent eux-mêmes de nom et deviennent des factions ; des deux côtés ils renoncent aux armes de la liberté et méditent en secret des appels aux coups de force. L'opposition se met à conspirer ; le Gouvernement répond en préparant des violences contre les lois. Telle fut l'histoire de la Restauration, qu'une élite d'hommes d'État avait eu l'art de conduire avec honneur dans les voies de la liberté constitutionnelle, qu'elle sut y maintenir grâce à des prodiges de talent, luttant à la fois contre les préjugés de la nation et contre les préjugés de la cour, s'épuisant en efforts pour dissiper les uns et les autres, voulant rallier la jeunesse à la Monarchie de 1815 et rallier les royalistes à la pratique de la liberté sans arrière-pensée, y réussissant avec Pasquier, de Serres et Decazes, échouant avec Villèle et les émigrés, et aboutissant, après quinze ans de lutte, à cette extrémité d'un coup d'État accompli contre la Charte où les plus sages voyaient un régime définitif, tandis que le roi et ses amis n'y avaient vu qu'une expérience.

M. Hippolyte Passy et ses frères ne furent étrangers à aucune des ardeurs de la jeunesse de leur temps. L'aîné, entraîné vers la botanique et la géologie, commençait au retour de ses voyages les grandes publications qui devaient le mener à l'Académie des Sciences ; pendant que les autres frères entraient dans l'administration et dans l'armée, Hippolyte demeurait à Gisors, partageant ses heures entre des études d'histoire et d'économie politique. Il y eut là une suite d'années silencieuses et fécondes dans lesquelles, en multipliant les lectures les plus variées, il accumula toutes les ressources de sa vie.

En 1826, il publia une *Étude sur l'Aristocratie dans ses rapports avec les progrès de la civilisation*.

A l'avènement du roi Charles X se rattache un grand effort pour constituer un gouvernement aristocratique. Le parti ultra-royaliste voulait faciliter la création de familles privilégiées qui servissent de protecteurs à la nation et de rempart au trône. Il proposa le rétablissement du droit d'aînesse. C'était une conception toute factice. La réfutation de M. Passy était vigoureuse. Montrant, l'histoire à la main, ce qu'était « l'Aristocratie dans ses rapports avec les progrès de la civilisation », il reconnaît que « dans le passé sa domination avait produit plus de bien que de mal, qu'elle avait pu contribuer à défendre le peuple, à le protéger contre les violences, mais que son rôle avait pris fin, avec l'ascension progressive des classes qu'avaient émancipées le travail et l'éducation ».

Dans un peuple partagé entre capables et incapables, l'aristocratie était inévitable. Du jour où les incapables étaient en mesure d'agir et de conseiller, elle devenait inutile. Peu à peu, elle s'était effacée comme, dans la nature, les organes sans fonctions. M. Passy exposait la notion nouvelle qui s'était substituée aux privilèges : l'égalité des droits. Du jour où ce principe était entré dans l'esprit d'un peuple, il était impossible de réagir en créant des supé-

riorités légales ; n'étant appuyées sur aucun service, elles
seraient aussitôt attaquées et renversées. Histoire, économie politique, étude du caractère humain, tout était mis
en œuvre pour accroître la force d'une discussion précise
et souvent éloquente. Son étude n'avait rien d'un pam-
phlet. C'était un livre, grave comme l'auteur, sans violence
de langage et plein de force, puisant ses arguments dans
l'histoire, chez les peuples étrangers, ne faisant appel à
aucune passion, mais à la raison seule.

L'ouvrage attira l'attention. Le *Globe* qui s'adressait à
tous ceux qui pensaient le signala avec éloges (1). A dater
de ce jour, l'auteur cessait d'être un inconnu.

Les élections de 1827 le passionnèrent ; il se sentait fré-
mir d'impatience, comme tous ses contemporains ; il parlait,
agissait, exhortait les électeurs ; la chute de M. de Villèle et
le cabinet Martignac furent des rayons d'espoir. L'avènement du ministère Polignac dissipa le rêve. C'était la
déclaration de guerre. Demeurer dans sa province devenait
impossible ; il fallait aller à Paris, en pleine lutte. Se taire
semblait une défaillance. Hippolyte Passy avait hâte de
prendre part au combat, il fut admis à écrire au *National*.

C'était bien le combat, tel qu'il pouvait le souhaiter. Le
nom de M. de Polignac, ses desseins menaçants, le branle-
bas du parti royaliste avait déterminé des jeunes gens dont
le cœur était ardent et les vues profondes à créer un journal qui, sortant hardiment des sentiers battus, parlât assez
haut pour rompre l'équivoque. Charles X voulait-il gou-

---

(1) Article de M. Duchâtel du 16 novembre 1826.

verner avec la majorité du pays ou contre elle? voulait-il respecter la Charte ou la violer? L'heure était passée des ménagements et des demi-mesures. Le choix de M. de Polignac ne gouvernant qu'à condition d'ajourner les Chambres était le commencement des hostilités.

Le *National* fut fondé pour obliger le roi à capituler ou à faire le coup d'État.

Chaque numéro était une sommation. Dans l'histoire de la presse française et peut-être de la presse d'aucun pays, on n'a jamais vu un journal jouer un tel rôle, avec un tel éclat de force et de talent. Trois rédacteurs, MM. Armand Carrel, Thiers et Mignet, faisaient à eux seuls, à tour de rôle, les articles politiques. Le journal n'appartenait qu'à eux. Ils étaient les chefs de cette légion d'avantgarde; M. Hippolyte Passy, comme M. Barthélemy Saint-Hilaire, comme d'autres encore de nos anciens, y servait en simple soldat.

La révolution de 1830 fit arriver à la fois sur le premier plan de la scène politique tous ceux qui auparavant n'étaient, par leur âge, ni électeurs ni éligibles. Elle transforma ainsi en forces prêtes à sauver l'État des impatiences qui jusque-là l'avaient troublé, montrant par cet exemple aux politiques de l'avenir que les institutions sont condamnées à périr, si la jeunesse n'entre pas dans le jeu constitutionnel pour s'y attacher et le faire vivre.

En octobre 1830, une élection partielle envoya M. Passy à la Chambre, comme député du collège départemental de l'Eure. En janvier, une ordonnance royale le nommait membre du Conseil général. Dans les premiers mois, il observa et garda le silence; mais après sa réélection, en juillet 1831, il fut nommé de plusieurs commissions.

Une entrée bruyante sur la scène politique est l'écueil sur lequel à leur début se brisent les esprits légers. M. Passy éprouvait un profond dédain pour les harangues à effet. Il prenait au sérieux le mandat de député et se serait cru indigne de siéger à la Chambre, s'il ne lui avait pas apporté sur chaque question les études les plus fortes. Ses premiers rapports attirèrent l'attention et lui assignèrent dès le début un rang.

Membre de la commission du budget, il présenta le rapport sur la loi des comptes de 1829. Si le budget offre le moyen d'embrasser et de régler toute l'administration du pays, les comptes permettent de saisir sur le fait et de vérifier les actes d'une politique. Au lendemain d'une révolution, les gouvernants de 1831 avaient le plus grand intérêt à pénétrer dans le détail des dépenses faites et à ne laisser rien échapper. Le rapporteur signala sans faiblesse des faits que la Chambre était disposée à écouter sans indulgence. Ce rapport est un modèle de clarté : il établit la compétence financière du député de Louviers.

Il était aussi sincère que clairvoyant. Au pays qui attend des économies et ne cesse de réclamer des réductions de traitements, il a le courage de dire qu'il n'y a rien à attendre de ce côté, mais qu'il « faut diminuer le nombre d'emplois, multipliés sans mesure sous l'Empire, pour rattacher au Gouvernement des familles ruinées par la Révolution ». Des agents moins nombreux, plus capables et mieux rétribués, un effort général pour diriger vers les carrières industrielles ceux qu'un inexplicable attrait transforme en serviteurs de l'État, voilà les idées sages que

soixante-dix années d'infructueux efforts ne sont pas parvenues à faire prévaloir.

Il veut mettre à profit les réductions pour augmenter le traitement de ceux qui seraient conservés. Des
agents moins nombreux, mais capables et contents de leur
sort, serviraient mieux qu'une multitude d'agents trop
peu rétribués et regrettant de s'être engagés dans une
carrière ingrate. Il s'élevait avec force contre l'inexplicable
attrait arrachant des intelligences actives aux carrières
industrielles pour les transformer en serviteurs de l'État,
qui végètent dans de minces emplois, aspirent avec anxiété
à un avancement, multiplient les sollicitations, en répan-
dent l'habitude dans le reste de la population où l'amour
des places devient la cause d'une lutte acharnée entre ceux
qui les occupent et ceux qui les veulent obtenir (1).

Les questions militaires lui furent dès le début réser-
vées. Rapporteur de la loi de recrutement, puis du budget
de la Guerre, il eut à exposer et à défendre les charges
militaires de la France. Il ne s'agissait plus d'économies.
L'ébranlement de l'Europe nous avait imposé des devoirs.
L'indépendance de la Belgique, proclamée au lendemain
de notre Révolution, était une première et heureuse atteinte
aux traités de 1815. Il ne fallait pas permettre à l'Europe
de replacer les Belges sous le sceptre du roi des Pays-Bas.
L'Italie s'agitait ; il fallait signifier à l'Autriche qu'une
intervention des troupes impériales entraînerait l'entrée
des Français en Piémont. La France voulait la paix, mais
à la condition que l'indépendance des voisins immédiats

---

(1) Rapport sur la loi des comptes de 1829, déposé le 31 octobre 1831.

de nos frontières fût respectée. Tel était le sens de la politique indiquée par le comte Molé, défendue par Casimir Perier devant les Chambres, soutenue par M. de Talleyrand à Londres et pratiquée avec une suite qui prépara, dans la paix, l'essor de la France et de son influence libérale.

Une telle attitude, quoi qu'en pût dire l'opposition, ne ressemblait pas à « la paix à tout prix », et ne comportait pas le désarmement. Les financiers ne pouvaient se faire illusion. M. Passy, dont le goût d'ordre était traité de parcimonie, n'hésita pas. « Appelée, écrit-il dans le rapport sur le budget de la Guerre, à déployer tout à coup des forces dont l'étendue montre qu'elle était prête à tous les événements, la France, en moins d'un an, a doublé l'effectif de ses troupes, armé et approvisionné ses places fortes, réorganisé son matériel d'artillerie, préparé tous les services dont la guerre aurait nécessité l'emploi, et dans le seul exercice 1831, 373 millions ont été consacrés à des dépenses que la prudence ne permettait pas d'éviter. » Le rapporteur déclarait, en conséquence, que la Commission des finances se refusait à proposer aucune réduction de crédits (1). L'approbation de la politique extérieure était proclamée sans réserve.

Si les rapports de M. Passy étaient clairs, ses observations à la tribune étaient lumineuses. Ne parlant que des questions qu'il connaissait à fond, il était toujours écouté avec soin et rarement réfuté avec succès. En janvier 1834, il était nommé président de la Commission du budget, ce qui ne l'empêchait pas de présenter l'exposé du budget

---

(1) Rapport sur le budget de la Guerre, 31 octobre 1831.

de la Guerre dont il était devenu le rapporteur spécial.

L'autorité sur les hommes ne se conquiert qu'en déployant à leurs yeux une indiscutable compétence.

En suivant pas à pas, de session en session, l'activité de M. Passy, en lisant la suite de ses rapports, on sent croître autour de lui l'estime des députés : ses collègues avaient confiance en lui. C'était la force des assemblées qui ont gouverné la France de 1815 à 1851. Les détracteurs du présent se plaisent à exalter le passé outre mesure ; à les entendre, tous les députés de ce temps étaient des esprits distingués : ce qui est vrai, c'est qu'une majorité d'esprits assez médiocres s'inclinaient devant quelques hommes et admettaient leur supériorité. Il existait, en dehors de tout esprit de parti, des compétences reconnues ; autour d'elles, se groupaient les membres des Chambres. C'est ainsi que les meilleures lois ont été préparées dans les commissions et soutenues à la tribune. Huit ou dix députés, autant de pairs de France, quelquefois moins, s'attachaient à un projet, l'étudiaient en ses moindres détails, le défendaient en l'une et l'autre Chambre, et aidaient ainsi le Gouvernement à introduire dans nos lois des réformes organiques. C'étaient, au Luxembourg, les survivants du grand Conseil d'État, les Portalis, les Molé, obéissant à la sage impulsion du chancelier Pasquier ; le premier président Séguier, Montalivet qui attachait son nom à l'organisation départementale et communale, le duc de Broglie, Siméon, Mounier, Daru, dont les rapports étaient des monuments législatifs, Bérenger qui personnifiait les réformes pénales.

C'étaient, au Palais-Bourbon, les deux Dupin, le président de Belleyme, Barthe, Martin du Nord, Dufaure,

Vivien; en matière de finances, Hippolyte Passy tenait le
premier rang. Ses rapports parfois très étendus étaient
précédés de recherches et de travaux plus longs encore.
L'autorité qu'il déployait à la tribune était appuyée sur
des enquêtes, et des investigations de toutes sortes. Les
ministres, quand ils le rencontraient en face d'eux, trouvaient en lui un rude jouteur; il était aussi tenace que bien
armé. Sans jamais d'aigreur, sans faire appel aux passions,
il discutait les questions en elles-mêmes; aussi sa conscience était-elle très surprise de la légèreté de ses collègues. Un jour où il discutait, à propos du règlement, la
question, toujours pendante, de savoir ce qui était préfé-
rable d'un rapporteur unique des dépenses ou d'un rapporteur par ministère, il fit remarquer qu'il fallait « tenir
compte de la fatigue de la Chambre, puisqu'un jour de discussion détaillée, il n'avait pas compté cinquante exemplaires du budget ouverts devant les députés (1) ».

Doué d'une nature très vive, cédant aux emporte-
ments dans sa jeunesse, il était parvenu à se maîtriser, et
la raison avait acquis sur son intelligence un tel empire
qu'en vingt et un ans d'action publique à la tribune, sa
pensée n'a pas laissé échapper un mot dont il eut à
regretter la vivacité. Cette possession de soi-même donne
aux âmes ardentes une puissance qui agit en secret sur les
auditeurs. M. Passy n'a jamais cherché l'éloquence; à
force de conviction, il arrivait à émouvoir.

Sa situation ne cessait de grandir. Vice-président de
la Chambre en 1834, il était désigné pour le portefeuille

---

(1) Chambre des Députés, 14 janvier 1836.

des Finances. Il le reçut bientôt dans un ministère éphé-
mère, puis il reprit son poste d'étude sans déception, ni
rancune.

Il n'aimait pas les discussions de pure politique. Très
attaché aux principes de la révolution de 1830, ayant conservé de sa jeunesse et des luttes de la Restauration toutes
les répugnances contre la droite, il était de ceux qui voulaient faire un vrai gouvernement et n'entendaient pas se
soumettre aux exigences de la gauche. Il ne perdait pas
une occasion de dire que les difficultés de la situation
politique provenaient « de l'existence en France de deux
factions anti-constitutionnelles », et il se sentait également
prêt, avec la majorité de la Chambre, à soutenir la lutte
contre les complots légitimistes aussi bien que contre les
conspirations républicaines.

Le 22 février 1836, il entrait, comme ministre du Commerce et des Travaux publics, dans le cabinet formé par
M. Thiers.

La conduite que tint le gouvernement de Juillet à l'égard
des douanes est conforme à toute sa politique. Ne pas
changer soudainement le régime économique de la France,
ne pas procéder par secousse, mais se rapprocher par une
évolution lente et continue de la liberté, chaque fois que
ce progrès destiné à stimuler l'industrie pouvait s'accomplir sans ruine (1) : tel était le plan très sage que conçurent

---

(1) Le projet déposé le 2 avril 1836 contenait tout l'exposé de la politique
commerciale. « Il faut que le Gouvernement, dit M. Passy, marche pas à
pas, qu'il s'abstienne de trop faire à la fois, qu'il améliore l'ensemble des
choses, qu'il donne à l'intérêt général la plus grande satisfaction possible,
sans toutefois lui sacrifier durement les intérêts privés qu'il a fondés et

et appliquèrent presque tous les ministres du Commerce au premier rang desquels figuraient deux membres de notre Académie, dont elle a conservé le souvenir avec respect, M. Duchâtel et M. Passy.

La discussion fut longue : fers, houilles, laines, cotons, fils de toutes sortes donnèrent lieu aux débats techniques les plus précis. M. Passy tint tête aux défenseurs de tous les intérêts et assura le succès de la loi.

Il avait hâte de s'occuper des travaux publics. Il croyait, ainsi que ses collègues, à l'avenir des chemins de fer; aucune question ne lui semblait plus digne de l'attention du Gouvernement, et il désirait vivement que l'initiative privée s'emparât de ce nouvel élément d'activité au profit de la richesse nationale. M. Passy allait se consacrer à la solution de ce problème, quand les événements d'Espagne absorbèrent l'attention du cabinet. Le trône constitutionnel de la reine Isabelle était menacé. Une partie des ministres avec le président du Conseil voulaient envoyer une armée de secours. Le roi était opposé à une intervention directe. Le ministère dut se retirer, et une fois de plus les projets vraiment utiles furent victimes de la politique.

Quelques mois après, M. Passy saisit l'occasion d'expliquer toute sa pensée. La politique extérieure qu'aurait pratiquée cet esprit sage, aimant le progrès modéré, jette un singulier jour sur l'état de l'opinion. Après des vues très larges sur l'histoire et sur la transformation des peuples, il se demande « quelle est notre situation. Nous sommes,

---

qu'il doit soutenir. » (Discours du 2 avril 1836.) — M. Duchâtel avait résumé la même pensée en cette formule : « On ne protège pas pour favoriser l'immobilité, mais pour obtenir le progrès. »

n'hésite-t-il pas à dire, la nation révolutionnaire : ce que nous appelons l'esprit révolutionnaire, en Europe on l'appelle l'esprit français. Cette situation, nous l'avons acceptée ; nous avons bien fait ; mais, croyez-le bien, elle nous impose des devoirs. Quand un gouvernement absolu se transforme en monarchie constitutionnelle, il y a perte de force pour plusieurs gouvernements du Nord et de l'Est. Quand le contraire risque de se produire, la perte est pour nous... ».

M. Passy, comme économiste, n'aimait pas la guerre, mais sa pensée nous révèle l'état d'esprit de ses contemporains.

Les guerres de la Révolution et de l'Empire avaient laissé une telle empreinte sur l'esprit des hommes de cette génération que leurs vues politiques étaient sans cesse tournées vers les revanches européennes. Dès qu'éclate un incident diplomatique, nous voyons, à travers la froide raison du député, percer l'ancien officier de la Grande Armée.

Dans les débats sur l'Algérie, nous pénétrons jusqu'au fond de sa pensée. Il avait étudié l'histoire de France, avait vu que notre politique en Europe nous avait fait perdre nos colonies et qu'en même temps le souci de défendre au loin notre empire d'outre-mer avait affaibli les forces de la métropole ; il en était résulté chez lui un doute, puis une défiance contre toutes les entreprises coloniales. C'était à ses yeux une force toute factice. De là, une campagne fort longue, reprise avec persévérance d'année en année, contre l'extension de nos conquêtes algériennes. Il se souvenait du poids qu'aurait pesé dans la balance de l'histoire, aux jours de nos défaites, un corps de

25,000 hommes, et en 1832 il gémit de le voir au loin sur la côte d'Afrique. Nous suivons dans ses discours annuels les progrès des effectifs algériens. Nous les voyons monter à 60,000, à 80,000, puis à 100,000 hommes. Ses longues discussions sur la domination de la France en Afrique risquèrent d'ébranler les Chambres et de faire dévier une politique hardie et fière qui nous donna l'Algérie. Peu à peu, ses discours deviennent moins vifs. Au fond, il se résignait sans se convertir; il avait cru devoir avertir; le drapeau était engagé ; la Chambre avait pris son parti ; enfin il se tait, ne voulant pas être accusé d'affaiblir une conduite que la majorité jugeait utile au pays.

Soixante années se sont écoulées depuis ces luttes ; nous sommes assez loin pour porter sur elles un libre jugement. Si, en 1834, nous avions abandonné l'Algérie, où aurions-nous trouvé la compensation d'une retraite qui aurait à jamais blessé l'orgueil national? Les nations n'ont pas seulement des forces matérielles ; elles vivent de créations, et surtout, lorsqu'elles souffrent, d'espérances ; elles ont besoin de se sentir fières par quelque endroit ; plus leur politique obéit à la froide raison, plus les relations entre les nations les soumettent à des règles qui les lient et plus elles ont besoin de ces échappées vers l'avenir. Les peuples comme les hommes obéissent aux mêmes mobiles. Le tout est de les choisir suivant les temps et suivant l'objet. — Comme l'enseigne l'art de diriger la jeunesse, c'est à un mélange de raison et d'imagination que les gouvernants doivent, sans se lasser, faire appel. Parcourez les récits des expéditions écrits par nos officiers d'Afrique, lisez les lettres enflammées qu'un jeune prince adressait

depuis le col de Mouzaïa jusqu'à la Smalah, reprenez pas
à pas la vie de Bugeaud, de La Moricière et de leurs compagnons, et mesurez ce que la France aurait perdu si de
froids calculs l'avaient privée de ce champ d'héroïsme. Les
raisonnements des financiers étaient la prose. La poésie,
c'étaient la Méditerranée enfin délivrée des pirates, la
civilisation entrant en Afrique, les pentes de l'Atlas d'où
l'œil dominait une conquête digne de la France, un
champ illimité ouvert à l'activité de notre race. Pendant
que M. Passy, le budget en main, discourait sur l'occu-
pation restreinte, préconisait le protectorat de princes
arabes (1), la France jetait les fondements d'un empire
africain, qui devait donner des richesses à nos commerçants, des débouchés à nos produits, un aliment à notre
marine, des soldats sans cesse exercés à nos régiments,
des chefs vaillants à notre armée, et des colons dont l'ef-
fervescence passagère limitée aux grandes villes ne peut
nous faire oublier les rares qualités de dévouement et de
tenacité.

Les discussions financières qui formaient le fond de sa

---

(1) Le nom de protectorat n'existait pas encore. M. Passy, qui s'était
jusque-là borné à critiquer, exposait à la Chambre, le 1er mai 1834, tout un
projet : La France aurait gouverné directement Alger et sa banlieue ; elle
aurait installé des frères du bey de Tunis en qualité de beys d'Oran et de
Constantine, sous la suzeraineté de la France qui aurait continué d'occuper les forts. « Auprès de ces beys, grands vassaux de la France, auraient
été placés des agents chargés de les surveiller, de les éclairer, de les
façonner à l'observation des conditions les plus favorables au progrès. »
Le succès de la forme nouvelle de protectorat adopté en Tunisie donne un
réel intérêt historique à un projet que le maréchal Clausel et M. Passy
furent alors presque les seuls à soutenir. Il y revint le 24 mars 1837 et le
9 juin 1838.

vie ne l'absorbaient pas au point de le détourner de la politique. Malgré son isolement, sa situation s'était fortifiée à la Chambre : il demeurait avec M. Dufaure le centre d'un groupe dont le vote était souvent décisif. En 1837, il avait appuyé le ministère Molé ; l'amnistie et l'apaisement des partis, le développement des travaux publics lui avaient paru une politique sage, puis il s'était peu à peu détaché du cabinet et, en 1838, nous le voyons dans les rangs de la coalition. Il s'y trouvait avec tous les grands orateurs de la Chambre : ce fut son excuse. Le ministère avait duré plus d'un an ; si on le laissait faire, il en durerait deux. Or ce cabinet avait pris ses principaux membres à la Chambre des Pairs. Les députés le pouvaient-ils tolérer? M. Passy soutint, avec les chefs du centre droit et toutes les gauches, que le ministère, isolé et impuissant, ne représentait pas la Chambre. M. Molé lui répondit et ne l'emporta que de 13 voix. Une dissolution donna 20 voix de majorité à la coalition.

Réélu à Louviers, M. Passy représentait dans la Chambre nouvelle la fraction la plus modérée de la coalition, celle dont l'appoint, longtemps douteux, avait déterminé un mouvement dans la Chambre et dans le pays. Les vainqueurs soutinrent la candidature de M. Odilon Barrot à la présidence de la Chambre. Le tiers parti composé des amis de M. Passy ne voulut pas s'allier avec toutes les gauches et porta à la présidence son chef qui fut élu par une majorité de 30 voix.

C'était le signal d'une heureuse réconciliation qui devait reconstituer l'union de toutes les opinions modérées pour faire tête aux opinions extrêmes. Le nouveau président de

la Chambre personnifiait cette politique sage qui devait
panser les blessures faites par la coalition. Après une
longue crise ministérielle, M. Passy était chargé par le
roi de former un cabinet; il entrait avec M. Dufaure dans
un ministère que présidait le maréchal Soult.

Fidèle à la politique la plus modérée, libéral dans ses
mesures, appliqué aux affaires, le ministère du 12 mai 1839
donna une année de repos aux esprits qui avaient besoin
de calme. M. Passy arrivait au ministère des Finances pour
assister à une de ces reprises du crédit public qui suivent
les périodes agitées ; il projetait divers projets de loi et,
entre autres une organisation complète des pensions civiles.
La discussion du budget de 1840 fut paisible. Il prit une
grande part à la discussion des projets sur les chemins de
fer. Négligée à ses débuts, reprise au milieu des inexpé-
riences et des préjugés, cette grande question qui méritait
la hâte n'avait subi que des retards. Les députés n'en com-
prenaient pas l'importance : ils se défiaient beaucoup des
projets des ingénieurs, plus encore des bénéfices des compagnies. Ce fut M. Dufaure qui eut l'honneur de résoudre
le problème. M. Passy ne cessa de l'y aider; il prit une
large part à la discussion de la loi. Démontrant que la
nécessité absolue de la construction des chemins de fer
s'imposait, il déclara que si les compagnies se découra-
geaient, il faudrait que l'État construisît directement. Or
l'expédient de l'État était mauvais. Il fallait, en un pays
libre, développer l'esprit d'association. Les chemins de fer
étaient une merveilleuse occasion de le faire naître. Si l'on
obtient que les capitaux se concentrent pour les grandes

entreprises, on aura atteint un résultat de premier ordre.
« La petite propriété, dit-il, vit dans l'isolement : un peu
d'égoïsme se mêle toujours à ses actes ; mais les hommes
dont les capitaux sont engagés dans des opérations d'intérêt public portent un intérêt plus vif aux actes du Gouvernement ; ils étudient avec plus de soin les faits qui in-
téressent le pays ; ils s'en occupent davantage. Il y a pour
les esprits un progrès véritable, un développement d'activité et d'intelligence. C'est là une force réelle dont il faut
vous emparer. Faites-y bien attention, Messieurs ; si, dans
la situation présente, vous repoussez les projets de loi qui
vous sont présentés, c'en est fait pour longtemps de l'esprit
d'association (1). »

C'est à l'énergie du ministère Passy-Dufaure que furent
dus le salut des chemins de fer français et cette heureuse
combinaison de l'initiative privée et du concours de l'Etat
qui a été maintenue à travers toutes nos révolutions, et
dont, à soixante ans de distance, quoi qu'en puissent dire
les envieux et les violents, nous voyons les résultats également heureux pour le commerce national et pour les
finances publiques.

Le rejet de la dotation du duc de Nemours amena la
retraite du ministère. M. Passy reprit avec la même persévérance la suite de ses projets, les défendant comme
député, avec autant de calme que comme ministre.

Vos prédécesseurs avaient été frappés de ses études
financières. Ils avaient jugé que sa place était marquée
dans la section des Finances et lorsque la mort vint

---

(1) 4 juillet 1839.

frapper le prince de Talleyrand, l'Académie lui donna
pour successeur M. Passy, le 7 juillet 1838. Il s'attacha
dès lors à vos travaux sans s'éloigner un instant de la
Chambre.

Une des réformes auxquelles il demeurait le plus fidèle
était l'abolition de l'esclavage. Saint-Domingue et la
Louisiane lui avaient laissé d'ineffaçables souvenirs. Il
n'est presque pas de session où, sous une forme ou sous
une autre, il n'ait saisi ses collègues de propositions ou
appuyé des projets. Il n'ignorait pas que Wilberforce avait
renouvelé pendant seize sessions consécutives la proposition d'abolir la traite. Mémorable exemple de ténacité
parlementaire qui peut être offert à ceux que le moindre
échec décourage et qui s'en prennent aux institutions de
leurs propres défaillances ! M. Passy n'avait pas besoin de
ces leçons pour être résolu à se montrer plus patient que
ses auditeurs.

La législation ne peut être améliorée sous un gouvernement d'opinion, un progrès ne peut s'accomplir que si
un membre des Chambres dévoue sa vie à une seule
œuvre. C'est l'honneur des Compagnies comme la vôtre
d'ouvrir leurs rangs à ces hommes rares et de voir réunis
autour de vous, à côté de celui qui il y a soixante ans
écrivait le premier un livre contre l'esclavage, ceux qui
d'année en année ont lutté pour la protection de l'enfance,
pour le progrès de nos lois pénales et pénitentiaires, pour
l'amélioration de la législation dans toutes ses branches,
témoignant ainsi que vos travaux sur les sciences morales
et politiques, loin d'être de vaines études, contribuent à
hâter la marche de la civilisation, c'est-à-dire à assurer

dans le sein des sociétés humaines les idées de justice et
de liberté.

De 1832 à 1847, il ne cessa d'agir et de parler; mais
tandis qu'au début, il se montre très disposé aux mesures
transitoires, on sent que peu à peu la hâte devient plus
grande; en 1837, il dépose un vœu précis; il obtient du
ministère Molé une pleine adhésion et la promesse d'une
étude; en février 1838, il saisit la Chambre d'une proposition d'abolition. « On ne discute plus, dit-il, la légitimité
de la servitude. » Il présente le tableau de la marche de
la civilisation; il montre qu'à chacun de ses pas, de nouvelles et plus vives lumières sont venues épurer les notions
de justice et de morale sur lesquelles reposent les doctrines
sociales. Ce n'est plus seulement une violation des principes de la charité chrétienne, mais un attentat contre l'humanité. Les instincts de justice l'exigeaient, la conscience
l'imposait, la sécurité de nos colonies ne souffrait ni hési-
tation, ni délai.

La Chambre des députés votait la prise en considé-
ration. En juin 1839, le premier acte de la Chambre
nouvelle était de renouveler son adhésion. Une commission
extra-parlementaire ayant été chargée de l'étude du projet,
M. Passy en fut l'âme.

Élevé à la pairie en décembre 1843, son entrée au
Luxembourg ne ralentit son zèle sur aucune des questions
qu'il avait à cœur de défendre.

En 1845, il prit une grande part au débat sur l'esclavage qu'avait soulevé le projet du ministre de la
Marine.

Il montra dans nos colonies l'esclavage frappé à mort

par les votes du Parlement anglais ; mais il s'attacha surtout
à montrer l'état des propriétaires d'esclaves:

« Toutes les institutions, dit-il avec force, ont leur
action sur les idées et sur les sentiments et, quand elles
sont profondément iniques, ce n'est pas toujours sur les
opprimés seulement qu'elles exercent leur fatale influence.
Si l'esclavage abrutit, dégrade, énerve, corrompt les mal-
heureux qui le subissent, l'esclavage réagit aussi sur ceux
qui lui doivent leur suprématie. Il leur ôte cette droiture
de sens, cette liberté d'esprit dont les hommes ont besoin
pour juger sainement de leurs intérêts, pour apprendre à
remplir leurs devoirs envers leurs semblables.

« Je le répète : si l'institution de l'esclavage corrompt
les esclaves, elle atteint aussi chez les maîtres la distinction
du vrai et du juste. »

Puis, faisant allusion aux plaidoyers en faveur des
maîtres que venait d'écouter la Chambre des Pairs : « Vous
avez entendu, disait-il, sur l'état des noirs des dissertations
que je ne puis comprendre. J'ai vu aussi les colonies, et
je crois savoir quelque peu ce qui s'y passe. En vérité,
quand on vous peint chaque habitation comme une ber-
gerie du Lignon, où tout est bienveillance, je voudrais
que, pour leur instruction, certains hommes allassent voir
par leurs propres yeux les faits. »

A ce qu'il appelait un roman, il opposait les réalités :
aux colonies, parmi les noirs, il n'y avait ni affranchisse-
ments ni mariages, et il concluait que ce « qui se passait à
la Guadeloupe et à la Martinique n'était pas un fait particu-
lier, mais un phénomène universel : jamais les membres
d'une caste privilégiée, quelque pouvoir qu'ils aient, ne le

jugent excessif... Entre deux classes que le malheur d'une
institution inique sépare, le Gouvernement doit intervenir ».

Il obtenait l'adoption d'amendements favorables, et
faisait voter la loi qui préparait l'abolition (12 avril 1845).

Les discussions plus calmes du Luxembourg n'avaient
refroidi ni ses convictions ni son activité. Les lois de
finances l'appelaient régulièrement à la tribune ; l'accrois-
sement des dépenses l'inquiétait, mais il dénonçait surtout avec force l'insuffisance de l'amortissement, répétant
qu'une nation qui, pendant la paix, ne s'efforce pas de
réduire sa dette, ne cesse de s'affaiblir : « Toute puissance,
disait-il en insistant, qui éteint sa dette, acquiert une force
proportionnée à la quotité de la réduction. Si vous n'imitez
pas les puissances qui remboursent, vous décroissez pro-
portionnellement[1]. »

M. Passy préparait et communiquait à l'Académie, en
des lectures savantes, son bel ouvrage consacré aux *Systèmes
de culture et à leur influence sur l'Économie sociale*. Jamais il
n'avait montré une pénétration plus fine ; cette étude pla-
çait votre confrère au premier rang.

Les droits de douane et leur exagération l'alarmaient
vivement. « Les intérêts privés, avait-il coutume de dire,
ont leur hallucination. » Un projet relatif à la suppression
de la fabrication du sucre indigène et du rachat des raf-
fineries lui donna l'occasion d'exprimer sa pensée avec
autant de force que de mesure. Après avoir rendu hommage
à la concurrence, source de tout effort et de tout progrès,
il montre l'aversion qu'elle inspire aux industries dont elle

---

1. Discours du 30 mai 1845.

limite les bénéfices. Dans la lutte des intérêts privés, l'État doit scrupuleusement s'abstenir. Si on leur laissait croire que le Gouvernement peut les protéger ou les tuer, les industries ne manqueraient pas de se ruer sur les pouvoirs publics pour obtenir leurs faveurs. Cette excitation gagnerait de proche en proche.

« Vous arriveriez, dit-il, à ce déplorable résultat, c'est d'amener une lutte vive, violente entre tous les hommes qui croient que le travail d'autrui nuit au débit de leurs propres produits. Vous jetteriez au sein des classes industrielles de France des divisions anarchiques, des prétentions emportées que jamais vous ne pourriez contenir(1). »

Il l'emporta, et fit rejeter le projet de monopole.

Les discussions politiques des derniers temps de la monarchie ne l'attirèrent pas. Il était alarmé de la durée du long ministère; on le savait partisan de la réforme électorale; mais il réservait son intervention aux questions qu'il avait de tout temps débattues. Huit jours avant la chute, il discutait la loi sur le travail des enfants dans les manufactures. La veille même, le 23 février 1848, il faisait un discours en faveur de l'émancipation des noirs, et descendait le dernier de la tribune où aucun pair de France ne devait plus remonter après lui.

Il n'était pas de ceux qui se faisaient illusion. Appelé des premiers par le comte Molé chargé de former dans la soirée un cabinet, il déclara qu'il ne s'agissait ni d'une crise ministérielle ni d'une émeute, mais d'une révolution. Il vit périr avec douleur les institutions qu'il avait servies.

---

1. Discours du 16 mai 1843.

Il croyait qu'elles étaient appelées à tenir dans l'évolution de notre démocratie une place plus longue, qu'elles préparaient, par de sages transactions et avec une expérience prolongée, l'éducation du peuple. Sa déception fut vive ; il eût été disposé à dire, comme un homme d'État qui semble avoir réservé pour l'histoire toute sa perspicacité : Nous avions cru trop tôt que nos destinées étaient accomplies.

Le gouvernement de Juillet, qu'il me soit permis de le dire, ressemblait à M. Passy. Il faisait, sans se lasser, appel à la plus haute raison, et dédaignait un peu trop l'imagination. Il fit beaucoup pour le peuple, et ne sut rien faire pour l'en persuader. Jamais en notre siècle, et peut-être en tous les siècles, la philosophie politique n'a eu plus de part aux grandes affaires ; jamais la conduite de l'État n'a été remise à des mains plus honnêtes, au service d'esprits plus élevés ; mais ces mérites échappaient à la foule. On lui répétait qu'elle était oubliée, négligée et dupe ; elle finit par le croire, et, d'un coup de force qui était un coup de tête, elle brisa un instrument dont les ressorts étaient trop délicats pour elle.

M. Passy assista avec inquiétude aux explosions qui suivirent le 24 Février ; il vit se développer les symptômes précurseurs d'une révolution sociale ; il entendit des voix jusque-là silencieuses qui s'élevaient dans les villes comme dans les campagnes en murmurant : pourquoi des riches ? pourquoi des pauvres ?

Lorsqu'au lendemain d'une insurrection qui avait ensanglanté Paris, l'Académie des Sciences Morales et Politiques fut invitée par le général Cavaignac à réfuter quelques-

unes des utopies qui ravageaient les cerveaux, vos prédécesseurs se mirent à l'œuvre avec zèle : par un phénomène sans précédents, c'étaient les penseurs qui étaient
appelés à défendre la cité. A M. Cousin, on dut un élo-
quent chapitre sur la Justice et la Charité. A M. Troplong,
la Propriété dans le Code civil. M. Hippolyte Passy, prêt
le troisième, répondit à l'appel en donnant un petit traité
intitulé *les Causes de l'inégalité des richesses.*

Le titre de cette étude n'en laisse pas entrevoir l'origina-
lité. Sur les causes, M. Passy ne s'étend guère. Ce que, de
la première page à la dernière, il entend démontrer : c'est
l'utilité de l'inégalité des richesses. Il y voit le mobile
essentiel de l'activité humaine ; il affirme que, sans elle,
l'humanité s'arrêterait ; elle est la source de tout progrès,
la cause de tout effort, l'objet de toute ambition. Remontant à l'origine des sociétés, il montre l'homme absorbé
par un souci unique : le soin de réunir les aliments néces-
saires à sa vie ; il n'a le temps ni de penser, ni de créer ; du
jour où il a accumulé une provision, il peut améliorer
son existence et pourvoir aux besoins accessoires. Avec
l'épargne qui lui donne le temps de réfléchir, sa pensée
plus libre s'élargit. Sans les capitaux, l'intelligence ne
peut donc rien. Dans les temps modernes, il en est de
même : l'aisance facilite l'instruction ; la richesse a un rôle
essentiel dans l'œuvre de la civilisation ; elle encourage les
recherches, fournit le capital à l'industrie, lui donne ainsi
l'impulsion. Le riche, en un mot, a un rôle social.

M. Hippolyte Passy expose avec clarté et démontre avec
force que l'inégalité des richesses n'est pas un accident
dans la vie des sociétés, ni l'effet d'une rigueur providen-

tielle dont nous ayons à nous plaindre, mais un moyen pris par le Créateur dans l'intérêt de l'humanité.

En écrivant et en publiant ce traité, votre confrère faisait œuvre de moralité et de bon citoyen. Comme tout savant, il était convaincu que la science, image de l'éternelle vérité, doit nécessairement apaiser les esprits.

Quand M. Odilon Barrot lui offrit, au lendemain de l'élection du Président de la République, d'entrer dans le cabinet du 20 décembre, il lui parut qu'il s'agissait d'un devoir et d'un sacrifice. Il était de ceux qui avaient à cœur de sauver la France de l'anarchie. Il n'hésita pas.

M. Hippolyte Passy rentrait au ministère des Finances en décembre 1848, neuf ans après en être sorti, l'esprit très libre, se sentant prêt à accomplir tous ses devoirs, en bon serviteur de son pays.

Comment l'ancien pair de France parvint-il à se faire écouter de 900 élus du peuple dont il n'était pas le collègue? Jamais il ne fut plus évident que pour agir sur les hommes réunis en assemblée, pour s'imposer à leur volonté et les conduire, il n'existe que deux forces : la compétence et le courage. M. Passy avait l'une et l'autre.

De longues études théoriques, dix-huit ans passés à examiner les comptes et les budgets, avec autant de minutie que s'il avait eu à les dresser, une mémoire qui retenait les moindres détails et excellait à les classer, une parole facile qui exposait avec clarté, réfutait sans emportement, se trouvait toujours au niveau de la discussion, en ayant l'art de varier le ton avec mesure, soit qu'il parlât d'affaires ou soutînt une doctrine, tels étaient les dons qui frappèrent une assemblée agitée, trop nombreuse et ayant traversé les plus terribles crises, sans apprendre à se gouverner.

M. Thiers a dit qu'un ministre des Finances devait être féroce, et le mot a fait fortune. M. Passy montre ce premier mérite quand il repoussait avec la dernière énergie les réductions d'impôts qui étaient proposées de toutes parts et qu'il dénonçait comme des actes de faiblesse inconsidérés.

Mais ce qui n'est pas moins nécessaire à celui qui gère les finances de l'État, c'est une absolue sincérité.

Ce n'était pas un acte de médiocre courage que de monter à la tribune, huit jours après l'avènement du ministère, et en face d'une assemblée élue par le suffrage universel, apportant avec elle tous les mécontentements d'un pays qui, au milieu de la ruine, en plein arrêt de travail, avait vu d'un trait de plume le Gouvernement provisoire augmenter, par décret, de 45 centimes le principal de l'impôt foncier, d'oser dire que cet acte, qui avait soulevé les colères publiques, était justifié. M. Passy était étranger aux hommes qui en avaient assumé la lourde responsabilité ; il n'avait ni à la partager, ni à les défendre.

Son initiative est un des rares actes de courage civil qu'aient vus ces temps troublés. Devant cette assemblée qui aurait voulu, comme tous les hommes, se faire illusion, il déchira les voiles, montra l'énormité du découvert de 1849 qu'il ne craignait pas d'évaluer à plus de 500 millions, et comme les représentants effrayaient protestaient :

« Vous le voyez, Messieurs, reprit-il, je vous dis quelle est la situation ; je vous le dis dans toute sa réalité, sans

réserve, et sans dissimulation. J'ai vu, dans des temps difficiles, des ministres des Finances s'attacher à dissimuler une
partie du mal existant, s'attacher à cacher les côtés sombres
de la situation. Si je le faisais aujourd'hui, moralement ce
serait un tort, politiquement ce serait une maladresse. La
vérité doit être dite ; la vérité, il faut que le pays la sache ;
il faut que le pays qui se gouverne par lui-même sache à
quel point ses finances sont engagées.» (27 décembre 1848.)

En échange de ces dures vérités et pour les faire accep-
ter, il ne faisait ni concessions, ni promesses.

Son second discours est encore plus net : « Il y a une
chose commode pour les assemblées ; c'est de diminuer
les recettes et de demander des dépenses nouvelles ; c'est
une pente dangereuse », et plus loin : « Le devoir d'une
assemblée, entendez-moi bien, c'est de ne rien dire qui
puisse affaiblir dans les contribuables le sentiment du
devoir envers l'État, qui puisse leur laisser des doutes sur
l'obligation morale qui s'attache à l'acquittement de leurs
contributions. » (2 janvier 1849.)

Il fallait enseigner aux députés les secrets des finances,
sans avoir l'air de faire un cours ; il fallait avoir toutes les
qualités du professeur, sans aucun des défauts du pédant.
Chacun de ses discours contient une parcelle de vérité.
On sent que peu à peu il pénètre.

A ceux qui préconisent de nouveaux impôts qu'ils traitent
de panacée, il apprend à juger la valeur en matière financière des innovations hâtives ; à ceux qui critiquent une
ancienne taxe dont ils croient avoir découvert les défauts,
il répondait : « Si je venais prendre ici les impôts, quels
qu'ils soient, les examiner, les détailler, il n'y en a pas un

seul qui échapperait à l'analyse, pas un seul que je ne montrerais infiniment nuisible, tantôt à la production, tantôt à la circulation des richesses. » Le vrai, c'est que le plus souvent un ancien impôt, même médiocre, est moins lourd pour le contribuable que le meilleur des impôts nouveaux.

Le temps passe, les générations se succèdent, et il demeure éternellement vrai que toute taxe nouvelle augmente les charges, tandis que la suppression d'un impôt ne présente qu'un profit insensible.

Heureuses les assemblées qui entendent de telles vérités et qui savent en comprendre la valeur !

En mars et avril 1849, c'est-à-dire pendant toute la discussion du budget de 1849, qui n'avait pas échappé, comme dans tous les temps troublés, à la loi des douzièmes provisoires, M. Passy demeura chaque jour sur la brèche, repoussant les utopies, acceptant les réformes, mais intraitable sur les rejets de crédits qui mettraient en suspicion la probité de l'État et compromettraient la signature de la France.

En cinq mois de ministère, il avait repoussé tous les assauts, obtenu pour ses projets des majorités et n'avait pas sur la conscience une seule avance à la popularité.

Il fut cependant élu deux fois à l'Assemblée législative. A l'Eure, qui, cette fois, lui rendait son mandat en le nommant le premier de la liste, se joignait le département de la Seine qui le choisissait le neuvième sur vingt-huit.

Un grand courant entraînait la France ; elle voulait un Gouvernement qui la rassurât contre le retour des émeutes. Les électeurs allaient chercher ceux qui haïssaient le désordre. Il était tout naturel qu'ils rendissent hommage au courageux ministre qui avait cherché à rétablir le crédit public.

Le 2 juin 1849, M. Passy faisait partie du cabinet reconstitué de M. Odilon Barrot.

La majorité de l'Assemblée législative n'était pas douteuse ; le Gouvernement avait voyagé jusque-là en pays inconnu ; à dater de ce moment, il était assuré contre les violences et les coups de tête de la Montagne ; mais les difficultés politiques, quoiqu'elles vinssent de la majorité elle-même, n'étaient pas moins grandes.

M. Passy se consacra au budget de 1850, qui est son œuvre propre. Le futur exercice se présentait avec un déficit considérable. Il trouvait des ruines à réparer ; avant lui, dans l'automne de 1848, l'Assemblée constituante, pour plaire aux foules, avait imaginé de supprimer certains impôts, à partir du 1ᵉʳ janvier 1850 ; flatterie facile, à la portée de tous les courtisans du peuple, prêts à leurrer d'espoirs les misères publiques, sans se soucier de réaliser les réformes dont ils grèvent l'avenir !

Dans les premiers jours d'août était déposé un projet de budget sincère où s'équilibraient les dépenses et les recettes.

Grâce à un gouvernement modéré dans son principe et ferme contre l'anarchie, l'ordre rentrait peu à peu dans les esprits et dans les lois.

Celui qui méditait dès lors le renversement de la République ne voulut pas laisser plus longtemps aux libéraux l'honneur et le profit de cette politique. Un ministère répondant à sa pensée personnelle inaugura la lutte qui était nécessaire pour aboutir à la rupture. M. Passy re-

prit sa place à son banc de député, résolu à ne pas
créer d'embarras à ses successeurs, à discuter les affaires
en pleine loyauté, à s'acquitter jusqu'à la dernière heure
de son mandat.

Le coup d'État trouva M. Passy à son poste. Il fut de
ceux qui protestèrent en une dernière séance contre la violation du droit; arrêté avec ses collègues, il fut conduit
avec eux au Mont-Valérien.

Le silence est le châtiment des peuples. Notre pays
allait y être soumis pendant une longue période.

L'épreuve était rude pour les hommes d'État que, depuis
trente ans, la France avait appris à respecter. Il n'y a pas
de déchirement plus cruel que la défaite des idées. Philo-
sophes, littérateurs, historiens, tous reprirent leurs grandes
études : ils se donnèrent des missions; en pleine force de
l'âge, les vaincus du coup d'État surent se faire une existence nouvelle.

Vous êtes réunis, Messieurs, dans la salle même qui a
servi de refuge à la pensée, où la parole est demeurée
libre, au milieu du silence universel, où s'élevait la
voix de Guizot et de Berryer que la tribune n'entendait
plus, la voix de Lacordaire pour qui la chaire était fermée.

Pendant que Tocqueville préparait ses méditations sur
la Révolution, que Thiers achevait l'histoire de l'Empire,
que Dufaure ajoutait une page glorieuse aux annales du
barreau, dans cette vieille demeure, à quelques pas de
nous, Cousin et Rémusat parlaient de philosophie; Jules
Simon n'allait pas tarder à les rejoindre; les discussions
sur l'éducation, sur le régime pénal, sur les questions de
droit et d'économie politique prenaient une importance et

une étendue nouvelles. Hippolyte Passy était de tous les débats. Apportant à l'Institut cet esprit de ponctualité qui était la règle de sa vie, il prenait part à tous les travaux : délibérations de section, rapports sur les concours, présentations de travaux de savants étrangers, toutes les formes de l'activité académique le trouvaient prêt : mais les grandes discussions plaisaient particulièrement à la nature de son esprit.

C'était le péril de notre Académie, et cela a été son honneur, de renaître au milieu d'une société très troublée et d'en partager toutes les ardeurs, de traverser le siècle le plus agité, les débats les plus violents, d'assister à plusieurs révolutions, de passer du régime des Chartes à la démocratie pure, de la République où tout se discutait, même le principe de l'État, au régime impérial où les assemblées elles-mêmes étaient muettes, puis de revenir vers les formes démocratiques, sans que notre compagnie se montrât factieuse, sans qu'elle consentît jamais à se courber ou à se taire.

Le jour où toute une génération qui avait grandi par la liberté, qui s'était illustrée à la tribune, qui avait gouverné les affaires, qui emportait dans la retraite des convictions profondes, qui se sentait vaincue mais non découragée, se voyait tout d'un coup exilée dans son propre pays, ne pouvait-elle pas céder à la tentation d'étendre sans mesure le champ des discussions académiques? Sous prétexte de sciences politiques, n'était-il pas possible de tout dire? L'attrait était vif. En demeurant maîtresse d'elle-même, l'Académie a rendu un hommage et un service mémorable aux sciences morales dont elle avait la garde.

M. Cousin, M. Guizot, M. Passy ont compris, comme M. Mignet, et à son exemple, qu'il y avait des traditions à créer et qu'il fallait montrer à leurs successeurs ce qui séparait la discussion scientifique de la discussion politique.

A ceux qui seraient jamais tentés de les confondre, ils ont donné une leçon.

Il voyait se mêler avec joie aux discussions académiques et aux luttes du dehors un économiste digne de lui, portant son nom dans la science et entré à l'Académie pour y continuer sa tradition. Il était heureux de recevoir en son bataillon de telles recrues. Il aimait l'économie politique pour elle-même; il avait en elle une foi profonde et se préoccupait vivement des périls qui de divers côtés pouvaient l'assaillir.

Pourquoi le nier? L'économie politique a des ennemis. C'est le sort commun des sciences qui, se mêlant des passions, conseillent à l'homme de les réfréner. L'économiste a le respect de la loi du travail. Contre lui se dresse la paresse humaine. Il s'élève contre les excès qui sont des pertes de force. On l'accuse de sévérité outrée. Il montre quelles sont les lois de la répartition des richesses et les conditions du bonheur. On s'élève contre le pédantisme économique. Il engage les hommes à multiplier leurs efforts et à borner leurs désirs.

Quand on viole la justice, il la défend; quand on porte atteinte à la liberté, il en est le champion; il dit à tous leurs vérités, quelle que soit leur part de souveraineté, qu'ils soient rois, empereurs ou députés. M. Passy revendiquait ce droit de la science, sans raideur, ni faiblesse; l'ingé-

rence de l'État annulant la liberté des citoyens lui semblait le plus grand péril.

Il prévoyait dès lors ce qui est l'écueil des démocra-
ties. Grandir démesurément le rôle de la puissance publique, substituer à un César omnipotent, forme surannée
de la tyrannie, cette entité moderne de l'État, faisant tout,
préparant tout, héritière des droits du roi et du peuple,
devenant une sorte de Providence laïque bien autrement
jalouse, puisqu'à la différence de la Providence divine,
elle ne laisse pas à l'homme sa liberté.

M. Passy ne se lassait pas de défendre nos sociétés
contre cette absorption universelle.

Son autorité comme économiste venait de sa profonde
observation des faits. Il n'était pas de ceux qui entendaient
asservir l'économie politique à des lois mathématiques,
comme si elle avait affaire à des éléments fixes, à des
quantités numériques, à des forces d'une invariable inten-
sité.

Votre confrère ne cessa de lutter contre cette invasion des
idées absolues. L'homme était l'objet constant de ses
études; il recherchait ses besoins, analysait sa nature,
aimait à rattacher aux phénomènes de travail et de richesses les éléments si variés que dominent la philosophie, la morale, la législation et l'histoire.

M. Passy faisait le tour des connaissances humaines en
pensant, avec l'intime satisfaction d'un esprit incapable de
se lasser, que le domaine de ses investigations était sans
bornes. Tout l'intéressait; il allait d'un fait à l'autre, d'une
notion rapportée par un voyageur à l'invention d'un savant, de la découverte d'un manuscrit soulevant un voile

du passé à la statistique publiée la veille, parlant avec la même aisance de l'Amérique ou de la Chine, de l'empire romain ou de la France, de l'impôt ou de la lutte contre le socialisme.

Il vous soumit de nombreux mémoires. Les résumer serait refaire le tableau de ses études encyclopédiques. Ses analyses étaient toujours profondes ; ses résumés étaient saisissants (1). Il publia à la fin de sa vie, en les étendant, les chapitres qu'il vous avait lus sur les *Formes de Gouvernements*, où on retrouve la plupart des idées qu'il a soutenues dans le cours de sa vie.

Son œuvre académique, si elle était rassemblée, formerait plusieurs volumes où, parmi les sujets les plus variés, éclaterait autant de force que de bon sens.

Il vivait au milieu de vous, comme au milieu des siens. La Société d'économie politique qu'il avait contribué à fonder en 1842, et dont il était devenu en quelque sorte le président perpétuel, et le *Journal des économistes* étaient, en dehors de l'Institut, ses seuls attachements. Il s'était absolument retiré de la politique active. La chute de l'Empire qu'il avait prédite ne le surprit pas, mais il ne conçut point un instant le désir de rentrer dans l'action. Au milieu de l'invasion, il avait repoussé toute avance et désigné déjà pour représenter le département de l'Eure le fils de son frère aîné, qui est devenu, depuis, un des nôtres.

Il survécut dix ans à nos douleurs patriotiques, les

---

(1) Les articles qu'il donna au Dictionnaire d'Économie politique sont des modèles de concision scientifique.

ressentant avec vivacité, les expliquant avec ce goût qu'il avait toujours eu pour la recherche des causes, n'aimant pas à se payer de mots, allant au fond de tout.

Son autorité qui s'était manifestée dès le début avait toujours été en croissant. Ses confrères respectaient son caractère ; ils avaient pris l'habitude de le voir toujours à la même place, assidu aux séances et fidèle aux idées ; prêt à toutes les missions, ne se refusant à aucune tâche, disposé à écrire, à agir, à parler pour le service de notre compagnie. Avec son habituelle solennité, M. Cousin l'avait défini d'un mot : «,Passy, disait-il, ce n'est pas un académicien, c'est l'Académicien ! ».

Je suis tenté de croire qu'en raillant le traducteur de Platon voulait définir l'infatigable causeur. M. Passy se plaisait à parler ; jadis dans les couloirs des Chambres, il réunissait autour de lui ses collègues et ne se lassait pas de développer sa pensée ; le matin, chez lui, ses visiteurs, loin de le déranger de ses travaux, le charmaient en lui donnant l'occasion d'exposer ses idées ; il aimait toutes les réunions d'hommes parce qu'il pouvait y rencontrer des auditeurs. Il attirait les jeunes gens ; son érudition était prête sur toutes les questions. Sur un mot, sur le titre d'un sujet, il communiquait libéralement toutes les indications que lui fournissait la plus vaste mémoire au service d'une infatigable bonté.

Seulement ce genre d'esprits, dont l'espèce devient assez rare parmi nous, est sujet à une mésaventure. Tout est à craindre, si deux causeurs se rencontrent. Le choc est terrible et dans la suite, tout naturellement, par instinct ou par réflexion, ils s'évitent. En veut-on un exemple ? Depuis leur jeunesse, M. Thiers et M. Passy avaient marché dans la même voie, siégeant sur les mêmes bancs, combattant les mêmes adversaires : en avançant dans la vie, leur contact devint plus difficile et plus rare; quand ils se quittaient, tous deux se plaignaient : « Passy est un bavard! » disait l'un, et l'autre s'écriait : « Je n'ai pas pu placer un mot. »

La jeunesse est mal venue à médire des causeurs ; ce sont des trésors où elle doit de bonne heure apprendre à puiser.

Quand un vieillard jouit de toutes les facultés de l'esprit, sa conversation est incomparable. La légèreté seule en sourit. Il y avait dans l'expérience de M. Passy la matière de vingt ouvrages dont aucun n'a vu le jour.

Il se défiait de lui-même. Il ne voulut pas que ses papiers, ses manuscrits, des travaux inachevés lui survécussent; dans les dernières années, il livra au feu toutes ses archives. Par un sentiment d'excessive délicatesse, il nous a privé des correspondances politiques, des notes, des souvenirs qui eussent éclairé plus d'une obscurité de l'histoire.

L'Académie trouve dans ses annales la preuve de ce qu'elle a perdu. En 1840, une ordonnance royale la chargeait de dresser un tableau du progrès des sciences morales et politiques dans le demi-siècle qui s'était écoulé depuis 1789. Chaque section se mit à l'œuvre. Seule, l'Economie politique acheva sa tâche. Comment s'étonner de sa ponctualité? Elle avait choisi pour rapporteur M. Passy. De ce grand travail, il n'est demeuré aucune trace et quand il s'est agi de reprendre l'œuvre avortée, nous avons constaté que l'auteur avait détruit un manuscrit offrant sur le développement de l'économie politique un résumé précieux, et destiné à faciliter la tâche que pour l'honneur de l'Académie nous vous avons proposé d'entreprendre.

Du moins, ce qu'il a dit et pensé demeure dans nos Compte rendus. Il n'est pas un des cent dix volumes publiés depuis l'origine qui ne contienne la trace de son action et comme l'écho de sa parole. C'est là où nous le retrouvons tout entier.

En lisant ses communications si variées et si vives, nous entendons encore sa voix qu'il ne forçait jamais et qui portait avec elle un accent de conviction simple; nous nous souvenons de ses vivacités sans aigreur, de ses ardeurs dans une discussion qui ne blessait pas. Nous voyons ce grand vieillard, mince et droit, cette tête fine et intelligente, couronnée de cheveux blancs, attentif à toutes les lectures, parlant après la séance, quand il n'avait pas donné publiquement son avis, s'intéressant à la science sous toutes ses formes et ne sortant de son calme que pour redresser l'erreur et condamner avec une égale force la violence ou l'indifférence. C'est ainsi que sa vieillesse se prolongeait sans affaiblir sa pensée. Profondément déiste, spiritualiste convaincu, il se contentait dans la pratique de la vie d'une philosophie qui professait l'immortalité de l'âme et se confiait en la Providence, résolu quand Dieu l'appellerait à demander à la religion dans laquelle il était né ses dernières prières. Au milieu de ses lectures et de ses réflexions, il atteignait doucement, en pleine paix de conscience, les limites de

la vie (1). Il avait traversé les passions humaines sans être
leur esclave ; il n'avait été étranger à aucune des ardeurs
de son siècle. Héroïsme de la jeunesse, activité de l'âge
mûr, réflexions de la vieillesse, tout en sa vie était venu
à point et avait été ordonné. Tour à tour, il avait vail-
lamment combattu sur les champs de bataille de l'Empire,
s'était préparé dans la retraite sous la Restauration, avait
servi deux gouvernements libres, pris part aux affaires
sans encourir la haine d'aucun parti, s'était fait l'inter-
prète de la science pendant trente ans. D'autres ont pu
jeter plus d'éclat, remuer davantage l'imagination des
hommes, agir plus profondément sur leur temps. Aucun
n'a eu plus de suite dans le travail, aucun après lui ne
nous offrira un portrait plus fidèle de ce qu'a été dans
le siècle qui finit un honnête homme, décidé à appliquer au gouvernement des sociétés les principes de la
science.

---

(1) Il allait achever sa quatre-vingt-septième année, lorsqu'il mourut le
1er juin 1880.

Paris. — Typographie de Firmin-Didot et Cie, imp. de l'Institut, rue Jacob, 56. — 38512.